COLLECTION SÉRIE NOIRE
Créée par Marcel Duhamel

Parutions du mois

2691. AVERSE D'AUTOMNE
(ROMAIN SLOCOMBE)

2692. LA RÉPUBLIQUE DES ASSASSINS
(AGUINALDO SILVA)

2693. IN DOMINO VERITAS
(ROLO DIEZ)

AGUINALDO SILVA

La république des assassins

TRADUIT DU BRÉSILIEN
PAR ÉVELYNE JACOBS ET REVU
PAR FRANÇOISE MERLE

nrf

GALLIMARD

Titre original :
REPUBLICA DOS ASSASSINOS

Ce livre est dédié à
Raimundo Rodrigues Pereira

Et la terre était pure
Et purs les hommes
Et tout était si pur !

AUGUSTO FREDERICO SCHMIDT
Canto Brasileiro

Je suis né pour foutre le bordel.

Phrase tatouée sur le bras
de Richard Speck,
fusilier nord-américain
qui tua cinq femmes en une nuit

Carlinhos
Mémoire

Alors, c'est ça, crever, pensa-t-il, les yeux rivés sur le canon du 45, les poignets attachés dans le dos par des menottes, collés contre sa peau moite. C'était la dernière minute de sa vie, et il trouva tout de même la force de jeter un regard vers le ciel — saisi de panique, terrorisé, un hurlement que jamais personne n'entendrait retenu au bord de ses lèvres en sang. Et il put s'assurer pour la dernière fois que les étoiles brillaient. Alors voilà, ça devait se passer comme ça... Un vent froid soufflait sur son visage, et du lointain, lui parvenaient, résonnant de l'une des maisons perdues dans l'obscurité environnante, des aboiements de chiens auxquels les pleurs d'un enfant semblaient répondre. Face à lui, deux hommes le fixaient, froids, distants. Il se sentait maintenant flotter au-dessus de la scène, plus rien n'avait d'importance : il était mort. Il l'avait compris en voyant ces deux hommes débarquer à son hôtel : c'était un homme mort. Mort, quand ils l'avaient invité à faire un dernier tour — les menottes aux poignets et, autour de son cou, ce fil de nylon qu'ils manipulaient en rigolant. Mort, enfin, là, maintenant, tandis qu'il cherchait des yeux les étoiles, en se disant que la vie valait la peine d'être vécue, bue jusqu'à la lie. Il se mit à regretter toutes les gorgées qu'il s'était interdit de boire, toutes les privations qu'il s'était imposées pour se préparer des lendemains meilleurs, un avenir, dont il n'aurait, au bout du compte, jamais été digne... Lui, le proscrit, l'esclave de ces hommes qui, d'une minute à l'autre, allaient mettre fin à ses jours, alors qu'il s'était toujours cru protégé par eux.

> *Billet de Sao Paulo :* Ma chatte, tu me manques mortellement. Je sais bien que tu fais ce que tu peux. Prends ton mal en patience. J'ai promis à monsieur Mateus que je livrerais encore deux bagnoles. Je lui ai dit qu'il faudrait ensuite m'accorder un congé. On va essayer d'en profiter tous les deux, on va faire un petit voyage ou ce que tu voudras. J'ai envie de toi, je t'embrasse Carlinhos.
>
> *Réponse de Rio :* Mon chou, je ne suis pas née pour être une femme de truand, tu le sais. J'ai toujours cherché à avoir de la classe, le raffinement d'une vraie jeune fille, comme celles qui s'assoient posément dans les restaurants de luxe, en serrant bien les fesses, et qui, à la fin du dîner, rejettent par le nez la fumée de leur clope. Je voulais être distinguée. Mais seulement, je suis née homme, et par comble de malheur, je suis venue échouer à la Lapa, où je t'ai rencontré. Alors, je te le dis franchement, cette histoire de vacances, c'est pas pour des gens comme nous, on n'y a pas droit, ne rêve pas.

Ouais, elle avait bien raison, Eloina, les gens comme nous, ça passe son temps à s'esquiver, à se planquer, à être en cavale, à chercher à s'en sortir par n'importe quel moyen.

(...) bon, enfin bref, mais ce que je veux te demander avant tout, c'est de faire très gaffe, je veux que tu reviennes vite, que tu laisses tomber ces affaires, monsieur Mateus est un type dangereux, les journaux sont remplis de vos histoires de vols de voitures, de « caisses », comme vous dites. Allez, viens, tu me manques.

P.S. : J'ai brûlé ton mot. Tu vois, je ne peux même pas garder ce que tu m'écris. Surtout, brûle ce que je t'envoie. Bisous de ton Eloina.

Dans la voiture, il avait demandé, « Mais où vous m'emmenez, monsieur Mateus ? » Et, dans l'obscurité, il avait perçu, au fond des yeux gris de l'homme, cette expression insondable qu'il avait appris à redouter. Mateus s'était mis à tirailler doucement les poils de sa barbe d'un blond indéfini, avant de répondre, sans décrocher un regard, « On va faire un petit tour. — Quoi ? À cette heure-ci ? — Qu'est-ce qui t'arrive, mon gars, t'es pas bien avec nous ? » C'était donc ça. De toute façon, il avait toujours su qu'un jour ou l'autre, ça finirait. Combien de types, avant lui, avaient été liquidés de la même manière, le plus souvent sans qu'il n'en sache rien, et presque toujours pour des petites trahisons de rien du tout, ou même sans motif apparent. À moins que ce ne soit tout simplement pour le motif qu'il venait à l'instant de comprendre : ça faisait assez longtemps qu'ils étaient au service de ces hommes pour pénétrer les secrets de l'organisation et piger que l'histoire du vol de bagnoles et du convoyage vers le Mato Grosso et Sao Paulo, ce n'était qu'un détail, un des éléments de l'engrenage. Que, dans cette affaire, il y avait autre chose, et qu'ils étaient certainement contrôlés par un pouvoir supérieur, un organisme très puissant qui les dirigeait tous sans exception. Oui, c'était la fin. Quelqu'un avait lâché que la destination ultime des voitures, c'était le Paraguay, et que, là-bas, c'était un chef de la police qui les revendait.

> Le corps d'un homme blanc d'environ vingt-sept ans a été découvert hier, criblé de balles, sur la route de Tingua, à Nova Iguaçu, dans l'État de Rio de Janeiro. Il avait autour du cou un morceau de carton attaché à un fil de nylon, portant l'inscription : « Je ne volerai plus jamais de voitures », et, en dessous, le dessin de deux tibias croisés, surmontés d'une tête de mort.
>
> La police de Nova Iguaçu a été informée par un coup de fil anonyme provenant du lieu où gisait le cadavre revêtu uniquement d'un short bleu, chaussé de souliers marron, les poignets marqués par des traces de menottes. La police a entrepris les recherches nécessaires, mais n'a pas encore réussi à identifier le corps.

« Mais j'ai rien fait, monsieur Mateus », avait-il dit, tandis que la voiture s'enfonçait dans l'obscurité de la nuit. « J'ai jamais discuté les ordres, j'ai toujours été *réglo.* » Puis, dans le silence qui avait suivi, il avait senti à quel point ce mot sonnait faux en ces instants — les derniers de sa vie — une vie qui, à dire vrai, n'avait été qu'un enchaînement de trahisons. « On en a appris de belles sur ton compte, Carlinhos », avait alors lâché le troisième homme sans quitter la route des yeux — c'était le conducteur.

De belles ? Mais qu'est-ce que ça pouvait bien être d'aussi grave, pour qu'ils l'emmènent comme ça, « faire un tour », le dernier ? « Ça ne te regarde pas. C'est notre affaire, à moi et à Mateus. On va juste se débarrasser des problèmes que tu nous as causés. »

Les étoiles... Une nuit, sur une route, aux confins de l'État de Sao Paulo, il s'était roulé un joint pour rester éveillé. Il avait faim, il conduisait depuis plus de quinze heures, et c'est sans doute pour ça que la *maconha* l'avait cassé. Il avait dû s'arrêter sur le bord de la route, il était descendu de la voiture, s'était allongé sur le capot et était resté là, immobile, les yeux ouverts, planant, dans l'attente de retrouver le contact avec la terre ferme. Il avait ainsi observé les étoiles, et c'était comme s'il les voyait pour la première fois, verdâtres, tremblotantes, lointaines, diffusant une lumière essentielle, ouvrant à son imagination toutes les portes qu'il n'avait jamais osé franchir, celle de la liberté, par exemple. Il avait pensé en les contemplant à tout ce qu'il avait abandonné — d'origine pauvre, il était arrivé à Rio la tête pleine de rêves de toutes sortes, et très vite, il s'était senti piégé, cerné. Il avait rencontré Eloina, son amant, son ami, il avait lutté à ses côtés pour s'en sortir, et, ensemble, ils avaient fait de leur mieux pour mener à bien une existence que d'autres appelleraient « marginale ». Puis, il avait été recruté par le célèbre Mateus Romeiro, un flic redouté. « Il s'agit d'un petit boulot tout simple, mon gars », lui avait-on affirmé alors. Convoyer vers Sao Paulo et le Mato Grosso des bagnoles volées à Rio par d'autres types. Cinq cents tickets par voyage, et couverture garantie. Oui, les étoiles... Elles seraient toujours l'espace du rêve...

« J'ai pas fait de conneries. M'sieur Mateus, expliquez-leur. J'ai toujours été *réglo* » — c'est encore ce mot-là qui était sorti de sa bouche. Le silence lourd qui avait suivi ses paroles étant intolérable, il s'était laissé aller à cracher tout ce qu'il avait sur le cœur depuis que les deux hommes étaient venus le choper à l'hôtel, dans la chambre où il dormait. « Je sais où vous m'emmenez. Sur le bord d'une route, hein ? Vous allez me faire la peau... » Il avait lu ça dans un petit roman de gare : des flics achevaient un type dans un lieu désert, et ils abandonnaient le corps, qui restait là, exposé en plein soleil, et il pourrissait jusqu'à ce qu'un quelconque automobiliste le découvre, horrifié. « Vous allez me tuer. On voit ça dans les journaux. Le fil de nylon, les menottes, le coup de la tête de mort. » Et la voix de Mateus Romeiro avait prononcé la sentence : « Ben, voilà, tu en sais trop, Carlinhos. Et dire que je t'aimais bien. Maintenant, c'est moi qui décide de la suite des événements. »

Mourir ? À ce moment-là seulement, il avait osé voir la chose en face, et il s'était mis à gueuler, « pour l'amour de Dieu, je ferai n'importe quoi, je disparaîtrai de la circulation, mais laissez-moi m'en aller, je ne demande rien, pas de fric, rien ». Il avait alors fait un geste brusque et le métal des menottes lui avait méchamment blessé les poignets. « Mais mourir, m'sieur Mateus, ça, non ! » Et ne trouvant plus rien à ajouter, il s'était réfugié dans le silence, le regard tendu vers le visage de cet homme que sa barbe rendait encore plus impénétrable.

Une demi-heure avant ces événements, il se trouvait encore à l'hôtel de la rue Buarque de Macedo, sous la douche, et il avait averti le portier espagnol, Hernandez, de ne pas le réveiller avant que sa petite chatte n'arrive. Et l'Espagnol, complice, lui avait répondu par un clin d'œil cynique, avec l'air de dire : « on me la fait pas, sous la jupette de ta moricaude, y a pas une chatte, y a une paire de couilles, *maricon* ». Hernandez appelait toujours Eloina « Mademoiselle », d'un air entendu.

Conversation téléphonique : Oui, ma petite chatte, je viens d'arriver. Je suis à l'hôtel Duas Americas, Hernandez est au courant. Oui, laisse-moi quatre heures, il faut que je dorme. Bien sûr que tu me manques, mais il faut que je dorme, j'ai roulé toute la nuit sans arrêt. Ce que je te disais dans ma lettre ? Ah oui, prendre des vacances... Bien sûr... Ça dépend de ce que dira Mateus. On en reparle. Je t'embrasse.

Gare routière de Macaé, État de Rio de Janeiro, six ans auparavant. Les adieux de sa mère, le visage inondé de larmes, une vraie tragédie, et le père plongé dans un silence plein de reproches, et la sœur un sourire triste aux lèvres, comme si elle avait compris qu'il était fichu pour toujours. La dernière phrase balbutiée par sa mère, à travers les larmes : *à Rio, protège-toi, mon fils.*

Pour la dernière fois, il avait contemplé les étoiles. La voiture s'était arrêtée dans un lieu désert, Mateus Romeiro lui avait donné l'ordre de descendre, ils s'étaient frayé un chemin entre les broussailles et les hautes herbes jusqu'à une petite clairière. Alors que le troisième compère se préparait à lui enlever les menottes, Carlinhos avait encore espéré que Mateus changerait d'idée et il avait fixé son regard sur lui, jetant de temps à autre de rapides coups d'œil vers le canon noir du calibre 45, suppliant, demandant grâce. Mais Mateus Romeiro était transfiguré, le visage figé comme un masque, et sous son épaisse moustache, ses lèvres étaient étrangement pincées, tandis qu'au fond de son regard gris, on percevait un éclat menaçant et sauvage. Saisi d'une terrible panique impossible à maîtriser, résistant au courant qui l'entraînait vers son passé, à la recherche de souvenirs heureux, Carlinhos avait alors compris qu'à cet instant, son bourreau était pris d'amour pour lui, jouissant de la présence de sa victime et de ce rituel de mort. « Pas la peine de me tuer, avait-il dit alors. Si tu étais normal, tu n'aurais pas besoin de me tuer ». Et Mateus Romeiro avait répondu d'une voix tremblante : « Comment oses-tu me tutoyer ? Je ne suis pas ton égal, sache-le bien. » Un homme honorable, un policier renommé. La semaine précédente, cet homme avait été reçu par le secrétaire de la Sécurité en personne, une photo avait paru dans la presse. Et sa maîtresse, une actrice, avait même déclaré dans un reportage qu'elle aimait son héros. Commentaire figurant en légende de la photo où elle exhibait sa poitrine avantageuse.

En descendant de la voiture, le troisième compère l'avait cogné sournoisement sur les lèvres avec le canon d'un revolver et il avait maintenant un goût de sang dans la bouche. Il sentait aussi un souffle de vent, froid en raison de l'heure tardive. Et il percevait les bruits, la petite musique dérisoire de la terre, le grouillement nocturne des fourmis, le cricri incessant des grillons invisibles, le bruissement des hautes herbes agitées par le vent... Comme lors de cette fameuse nuit, quand il avait cinq ans, et qu'il s'était enfui de la maison pour aller au cirque, qu'il avait contemplé, extasié, l'évolution du trapéziste dans l'espace — s'étirant au bout d'une corde dorée, s'élançant dans le vide — avant que son père ne le retrouve et ne le ramène chez lui. Comme quand il était sorti à l'aube, avec trois autres garçons, parce qu'ils allaient, pour la première fois de leur vie — il avait quinze ans — rencontrer une femme. Comme lorsque après l'amour avec Eloina, il lui arrivait de rester éveillé, à écouter le doux froissement des draps — il se retrouvait maintenant tendu vers le moindre bruit, parce qu'il *savait* qu'il était en train de vivre les derniers moments de sa vie, et qu'aucun miracle ne se produirait.

À l'hôtel Duas Americas, en somnolant, il s'était déshabillé. Il avait gardé son short, ses mi-bas et ses chaussures, et il se préparait à dormir. Il avait conduit pendant toute la nuit la voiture que l'Italien, le type qui assurait les livraisons pour Sao Paulo, lui avait confiée. Tout était régulier, même la plaque d'immatriculation, lui avait-on dit en lui remettant les papiers. « Cette bagnole est nickel », avait-on ajouté, en omettant de préciser (mais ça, Carlinhos le savait bien) qu'une livraison de cocaïne était planquée dans les pneus, sous les garde-boue ou quelque part ailleurs. En roulant, pour se maintenir éveillé, il avait essayé de mettre la radio, mais il s'était rendu compte qu'elle ne marchait pas. « La marchandise doit être planquée là », s'était-il dit, sans s'émouvoir le moins du monde, même en passant devant les postes de contrôle de la police routière.

Dès son arrivée à Rio, il avait déposé la voiture à l'endroit convenu, les clés devant être remises à quelqu'un à la réception de l'hôtel. Il n'avait pas vu Eloina depuis trois semaines (la dernière fois, il avait dû livrer la bagnole dans le Mato Grosso et l'avait laissée dans un hangar surchauffé, à Corumba). Au moment précis où il allait se mettre au lit, la porte avait volé en éclats, et la silhouette agile de Mateus Romeiro s'était glissée à travers les morceaux restants. « Il faut qu'on se parle, Carlinhos », lui avait dit l'un des deux hommes, tandis que l'autre lui filait discrètement les menottes. Tout à l'heure, à la réception, Carlinhos avait lancé à Hernandez un regard interrogateur, mais l'Espagnol était resté impassible

Et maintenant, il se retrouve au bord de cette route... Alors, c'est ça, crever... Quelque temps auparavant, il avait appris dans les journaux la mort de Jonas, l'exécution de Miguel. Il les connaissait tous les deux. Ils s'étaient souvent rencontrés au cours de leurs déplacements — tous les trois étant chargés par Mateus de convoyer les bagnoles volées à Rio dans le Mato Grosso ou à Sao Paulo. Ces morts lui semblaient abstraites, absurdes. Il s'était demandé ce qu'ils avaient bien pu faire de si terrible, et maintenant, il comprenait : ils n'avaient rien fait, ils étaient tout simplement devenus gênants, comme lui. Tous les jours, on découvrait sur la route des cadavres criblés de balles. Victimes de l'organisation ?

Il se sentit soudain libéré de ses menottes, que le complice de Mateus venait de lui ôter. La sensation de fourmillement qui lui avait parcouru les mains fit alors place à une douleur vive, violente, et il dut faire un effort pour tendre ses bras vers l'avant et constater ses blessures aux poignets. Mateus Romeiro, en face de lui, le revolver pointé dans sa direction, paraissait plus grand. Ses lèvres étaient maintenant agitées d'un tremblement que, malgré l'obscurité ambiante, Carlinhos pouvait percevoir. Le troisième compère s'éloigna d'un pas tranquille en direction de la voiture, l'abandonnant avec Mateus. C'était donc la fin, et son corps manifestait cette certitude en se contorsionnant dans tous les sens — c'était donc comme ça que tout se terminerait — et il fut assailli par un enchaînement d'images fixes, l'enfance, la mère en sanglots à la gare routière, les visages effarés de ses victimes quand il commettait de minables petits vols, le faciès outrageusement maquillé d'Eloina... Toutes ces images défilaient devant ses yeux, mais le visage de Mateus les réduisait à néant et réapparaissait, toujours plus présent. Il s'avança, le bras toujours tendu, pénétrant le regard de sa victime, et il se mit à respirer par saccades d'une manière qui ne laissait rien ignorer de son état. Alors, Carlinhos baissa les yeux et constata, soulevant à la hauteur du bas-ventre le pantalon de Mateus, un gonflement étrange : le flic était en érection. À un moment, il se pencha en avant, et Carlinhos, qui avait déjà dépassé la peur, comprit que le flic jouissait goutte à goutte de la cruauté de cet instant. Oui, il jouissait, sa respiration haletante était celle d'un amant, et c'est l'odeur de la mort qui l'excitait. Mateus Romeiro fit lentement glisser sa main libre vers le bas, défit son pantalon et exhiba l'objet de ses préoccupations. Puis, avec des gestes rapides et brusques — il fallait faire vite, il était au bord de l'éjaculation —, il prit un mouchoir dans sa poche, et le mit en boule. Carlinhos ferma les yeux. Toutes les images s'étaient évanouies. Une seule et ultime persisterait à jamais : celle de Mateus Romeiro, devant lui, haletant, en plein orgasme.

Un, deux, trois, quatre battements, sous ses paupières fermées, marquèrent les secondes qui s'écoulaient. Puis il entendit résonner le premier coup de feu — mais le son lui sembla lointain — et il ressentit dans sa chair comme l'impact d'un coup de poing. Ensuite, plus rien. Puis un autre coup, puis un troisième, et son corps fut projeté en arrière sans qu'il en prenne conscience. C'est seulement en essayant de se redresser qu'il constata que sa main avait saisi une poignée de terre. Puis il sentit la vie s'échapper de lui. D'abord, une sensation de chaleur, et quand il ouvrit les yeux, il vit : c'était rouge, et il sentit dans sa bouche un goût de rouille. Au lointain, remontant vers la route, il aperçut une silhouette. Mais en fait, ce n'était pas une silhouette, ce n'était pas une route, c'était son corps à lui qui s'élevait en volant.

À l'hôtel Duas Americas, Hernandez, l'Espagnol de la réception, parlait tout bas à Eloina, comme oppressé par le lourd silence environnant, qui envahissait tout le couloir. Voilà, ils étaient deux, ils l'ont emmené, il lui ont mis des menottes.

Eloina se précipite vers la chambre, y pénètre en enjambant les débris de la porte qu'Hernandez tente vainement de redresser, fouille dans les vêtements, prend le fric, toujours planqué au même endroit, tourne les talons et, se retrouvant dans le couloir mal éclairé, a de nouveau cette vision, récurrente et fantastique : toujours la même impasse, noire, béante, effrayante, qui s'ouvrait devant eux depuis le commencement de leur histoire.

Interview de Marlene Graça

Le reporter rencontre Marlene Graça, chez elle, à Copacabana, dans un deux-pièces dont la décoration porte les traces évidentes des diverses crises qu'elle a traversées. Dans la chambre, le fils de Marlene et de Mateus Romeiro est endormi. Apparemment surprise par les bonnes critiques que son film a provoquées dans la presse, et par le fait d'être au centre de tous ces commentaires, Marlene commence par hésiter entre la modestie et la décontraction — sûrement plus authentique — qu'elle finira par afficher clairement au cours de l'entrevue. Elle porte une robe de chambre entrouverte, qui laisse apparaître de temps à autre une belle poitrine. Elle a brossé ses cheveux blonds en arrière. Seuls les yeux sont maquillés, soulignés de noir, ce qui produit — et elle en est certainement consciente — un effet hautement tragique.

J'aurais mieux fait de refuser cette putain d'interview. Vous savez ce que c'est, maintenant que ça va mieux pour moi, après ce film, rendez-vous compte, les critiques ont découvert que je suis une grande actrice. On me compare même à Glenda Jackson.

J'avais des projets, je comptais déjà prendre un appartement plus grand, mettre mon fils dans un collège à Petropolis, vous comprenez, je voulais changer de vie, ne plus être dans l'instabilité constante, je me traçais une ligne de conduite. Et voilà que vous débarquez et que vous me demandez de parler de Mateus Romeiro, une vieille histoire. Bon, ben, il est en taule, voilà, sa photo est à la une de tous les journaux — il y avait une gonzesse avec lui quand il s'est fait choper, non ? — et, tout d'un coup, on se rappelle que j'ai un fils de lui, et tout le bazar. Alors, pour éviter qu'on délire sur mon compte et qu'on commence à faire un numéro de claquettes avec mes vieilles emmerdes, je crois qu'il vaut mieux vous raconter comment ça s'est vraiment passé, comment je l'ai rencontré, et comment j'ai fait pour supporter ce cinglé, ce barbare, pendant deux ans — ah, deux années de ma vie foutues en l'air et une croix sur mes ambitions s'il n'y avait pas eu — grâce à Dieu — ce film. Une vraie bénédiction. Figurez-vous qu'on m'a appelée pour jouer un rôle de putain, ils devaient se dire que j'étais spécialiste du genre, c'est sans doute pour ça qu'ils m'ont engagée. Ah mais j'ai fini par avoir le dessus. Le premier jour de tournage — j'avais pas joué depuis trois ans, et après tous les scandales de Mateus Romeiro, qui c'est qui allait me faire confiance ? —, bon, bref, quand ils m'ont braqué ce putain de projo en pleine poire et que le réalisateur a crié « On tourne ! », je peux vous dire que j'ai eu le tournis. J'ai même failli tomber dans les pommes. C'était une séquence toute simple, je devais entrer dans le salon d'un bordel et dire « Bonjour, Sol ! » au pédé qui transportait les pots de chambre. Tout simple, non ? Eh ben, j'y arrivais pas, j'ai dû recommencer trois fois, et à la quatrième, je me suis effondrée en larmes, c'était la merde. Alors je me suis dit, « Ben, Marlene Graça, ex-future actrice célèbre, t'es fichue, ils vont refiler le rôle à une autre ».

Mais au lieu de ça, le réalisateur m'appelle dans un coin et me dit : « Marlene, tu sais ce que c'est, ton problème ? C'est que tu ne vois pas du tout comment c'est, une pute. Je veux dire » — je vais essayer de me souvenir exactement de ses mots, on va voir si j'y arrive — « tu crois que tu es une pute, mais tu n'en es pas une, tu as une force intérieure que tu ignores, et pourtant, ça t'éviterait d'avoir une vie de pute. Bien sûr, tu serais capable de tomber bien bas, et je pense que ça t'est déjà arrivé, mais cette force, tu l'auras toujours, tu pourras toujours te relever. C'est pour ça que je t'ai fait venir pour ce rôle, c'est la chance de ta vie, mais si tu la manques, tu en mourras pas. Moi, maintenant, ce que je voudrais, c'est que tu reprennes confiance en toi, que tu aies confiance, comme moi, j'ai confiance en toi. C'est pas compliqué, il suffit d'essayer ».

Bon, ben, quand il a fini de parler, cet homme-là, debout, face à moi, tout gringalet, il était haut comme ça, chauve et myope — merde, après tout, il m'avait fait venir parce qu'il avait confiance en moi —, alors, j'ai jeté un coup d'œil autour de moi, et j'ai pigé que la pute du film, si elle entrait dans ce salon en gueulant « Bonjour, Sol ! », c'était pour faire semblant d'être heureuse, et ça devait sonner complètement faux, vous voyez ? Alors, je me suis levée et je lui ai dit « Je suis prête ». Je suis allée me planter en plein milieu du champ et, quand les projos se sont allumés, je me suis sentie au centre d'un rituel, vous voyez, une vestale ? Eh ben, la vestale, c'était moi. À ce moment précis, je crois que même Glenda Jackson — je suis accro, vous savez — m'aurait considérée avec respect. Et quand le petit bout de chou a crié « On tourne ! » j'ai fait deux pas, j'ai tourné sur moi-même, je me suis arrangée pour que mes yeux soient brillants, et j'ai ouvert la bouche comme une cuvette de chiottes, j'ai pensé à tous ces petits carrés de cellulose sur lesquels mon image, je le savais, allait s'imprimer. J'ai ouvert les bras, j'ai esquissé les pas d'une valse imaginaire, et j'ai crié, ivre de bonheur, « Bonjour, Sol ! », et le petit réalisateur a dit « Coupez ! », et quand ils ont éteint les projos, le silence s'est fait, un silence admiratif. Personne n'a dit un mot, mais j'ai remarqué qu'à partir de ce moment-là, tout le monde s'est mis à me regarder autrement. Dans le film, cette séquence dure trente secondes, mais moi qui suis fana de cinéma — vous savez, j'ai déjà vu plus de cinq cent mille films — je peux affirmer, en toute modestie, que c'est très rare qu'une actrice réussisse à exprimer tant de choses en un laps de temps aussi court.

Bref. Mais vous êtes venu pour m'écouter vous parler de Mateus Romeiro, le père de mon fils. Très bien, je vais vous raconter comment je l'ai rencontré. Je venais de Santana. Vous voyez où c'est ? C'est une ville merdique du fin fond de l'état de Rio, je prie Dieu de ne jamais devoir y remettre les pieds. J'avais fait des feuilletons à la radio pour améliorer ma diction, vous savez ce que c'est, et c'est une tapette qui m'a découverte, une tantouze qui fréquentait les filles pour attirer l'attention des garçons. Bon, j'étais pas mal du tout, j'avais dix-huit ans, je savais jouer des hanches, je parlais d'une voix vaginale, enfin tous les trucs qui plaisent aux mecs. J'avais fini par me mettre dans la tête que j'étais une actrice, que je pouvais tourner dans des films, jouer des pièces de théâtre, devenir célèbre, quoi.

Mais ici, à Rio, la réalité était toute différente. Le pédé dont je vous ai parlé m'a fait miroiter mille contrats, et en fin de compte, il n'en a déniché aucun. Je n'ai plus jamais fait de radio, parce que ce pédé s'était fait une sale réputation dans la station où j'avais travaillé la première fois, et les femmes qui le fréquentaient se faisaient toutes virer. Alors, comme je venais de rencontrer un patron de cabaret, j'ai voulu faire la chanteuse, juste pour gagner un peu de fric. Je ne me suis pas trop mal débrouillée. La salle était pleine tous les soirs, il y avait du public, alors on m'a proposé de faire de la revue, une revue musicale, un truc marrant avec un titre cochon, du genre *Zizi en panne*, je sais plus. Je sais que ça a marché à fond, un vrai boom. Je montrais mes jambes, je secouais mes cheveux blonds, je balançais un sourire de choc qui pesait trois tonnes et qui terrassait la bande de cons entassés dans la salle. Et les néons de la façade se mirent à clignoter, exhibant mon nom en toutes lettres : Marlene Graça.

Elle montre au reporter une photo dédicacée qu'elle vient de sortir du fond d'un tiroir : une blonde en bikini, le regard serein, tourné vers sa gauche, la bouche généreusement entrouverte, les sourcils légèrement froncés comme pour saisir un détail hors du champ de l'appareil. Un homme, de profil, la saisit par la taille, sa barbe frôlant l'épaule de la femme. Il porte un maillot de bain, il a les pieds nus et un physique d'athlète. Son regard gris brille intensément, d'un éclat que la photo laisse transparaître. Une dédicace, rédigée dans une écriture penchée, on pourrait même dire effondrée, s'étale sur deux lignes : « Marlene, garde ce souvenir d'un jour heureux.. Mateus. Rio, le 21. 05. 70.. »

Bon, il faut dire qu'à cette époque, comme aujourd'hui d'ailleurs, je ne lisais jamais les journaux (excusez-moi, vous êtes journaliste, mais franchement, de nos jours, qui a le temps de lire le journal ?). Alors, je n'avais aucune idée des événements extérieurs, en dehors de mon petit univers, je ne lisais que ce qu'on écrivait sur moi. Et comme mon univers était tout petit, je n'avais jamais entendu parler de Mateus Romeiro, ni des Hommes de Fer, le commando de flics justiciers auquel il appartenait. On pourrait penser que nos chemins n'avaient aucune raison de se croiser, c'est vrai, merde, moi, je ne fréquentais que des pédales et des femmes en train de sombrer dans la prostitution.

En fait, ça s'est passé au moment où je venais de m'engueuler avec l'impresario de la revue et où j'ai tout plaqué. Pour son malheur, à ce connard, j'allais signer, le lendemain même, un contrat avec Carlos Machado — vous voyez le truc — pour bosser au *Fred's*. J'allais devenir une bonne femme roulée dans des fringues à paillettes, comme celles qu'on voit en couleurs dans *Manchete*. Mon rêve : être célèbre, en première page, les lolos à l'air, légèrement planqués sous un manteau de vison, un tas de plumes, enfin, vous voyez le genre, le bonheur, quoi. Qu'est-ce que j'ai pu me taper comme répétitions, c'était dingue, je n'avais pratiquement aucune expérience, vous voyez, j'étais mal dans mes pompes, et je me cassais la figure sur les marches, et je me faisais engueuler, et je m'écrasais humblement. Bon, j'étais une débutante, quoi, merde, je venais de quitter Santana pour me lancer dans la vie. Je suis en train d'apprendre, je leur disais, « j'apprends, laissez-moi le temps ». La première, ça a été le raz de marée. Il y avait une bande de gringos, au premier rang, ils me lâchaient pas des yeux, ils me mataient, moi et personne d'autre. Cette nuit-là, elle leur est dédiée. J'en ai tellement fait, des tas de conneries, que les gringos rugissaient, littéralement, et à un moment donné, je suis sortie de scène, et la vedette de la revue — en principe, j'étais la seconde — m'a coincée contre un mur, dans les coulisses, et elle m'a dit : « Alors, ma petite chérie, tu vas te faire payer en dollars, hein ? » À ce moment-là, j'ai pigé que le succès de la revue reposait sur moi. La star, elle l'avait mauvaise de se casser la gueule, les gringos étaient fascinés de me voir et le producteur avait l'air plutôt content. À un moment, dans le spectacle, la vedette devait chanter une chanson de style hawaïen, et moi, derrière, je devais faire comme si je me baignais sous une cascade, toute nue, dans une légère pénombre. Mais vu ce que cette salope m'avait balancé dans les coulisses, eh ben, c'était mon tour, non ? J'ai commencé à me trémousser dans tous les sens, à jouer du croupion avec une telle ardeur que, même sans me voir, la star l'a bien senti : le public lui faisait la gueule, et il n'en avait que pour moi, là, au fond de la scène, en train de m'éclater sous ma cascade avec délice. L'Hawaïenne en rut, c'était moi. À la fin du tableau, délire d'applaudissements. Et la star, dans les coulisses, elle annonce au producteur : « Demain, j'entre pas si cette tarte est encore derrière moi, sous sa cascade. » Moi, je m'écrase toujours dans mon coin, genre la gamine qui débarque de sa province, je ne pipe pas mot. Et le producteur décide : « Demain, on garde le bain sous la cascade, avec Marlene. » Eh ben, vous savez, elle a envoyé balader le mec et, le lendemain, j'ai pris sa place. C'était moi, la star.

Bref. Une semaine après ça, je sors de la boîte, un type m'aborde. Respectueusement, il me demande un autographe, en me disant qu'il fait partie de mes admirateurs et qu'il veut garder un souvenir de moi. Moi, pas encore habituée à ce genre de truc, je fais une rature, mais j'accepte de le lui donner. Et je jette discrètement un coup d'œil sur lui. C'était un type athlétique, il avait les yeux gris et une barbe imposante, il avait l'air assez timide, je l'ai remarqué, et je lui ai souri avant de le quitter. Le lendemain, à la sortie du spectacle, il était encore là, et il m'a fait des compliments. Le troisième soir, toujours à la sortie, une choriste s'est approchée de moi et en le montrant du doigt, m'a dit : « Tu le connais, ce type ? » J'ai répondu, « C'est un de mes admirateurs. » Elle m'a dit, « Non, c'est bien plus que ça. C'est Mateus Romeiro. » Alors, j'ai fait le lien. Il y avait des fleurs dans ma loge, adressées par un certain Mateus Romeiro. Alors, c'était lui, encore lui. J'ai demandé à la fille, « C'est quoi, son trip, à ce mec-là ? » Et la choriste est restée bouche bée. « Non ! Tu sais pas qui c'est, Mateus Romeiro ? », elle a dit. « Le fils du pape, non ? », j'ai répondu. Alors, elle m'a prise par le bras, elle a respiré un bon coup, et elle m'a secouée. « Eh, Marlene Graça, la moitié des femmes de Rio de Janeiro rêve de baiser avec ce mec. »

Bien. Je faisais donc partie de l'autre moitié. J'ai demandé à la fille de me raconter en deux mots qui était ce Mateus Romeiro. À ce moment-là, j'en étais déjà au point où un député m'avait proposé de me balader dans sa voiture et m'avait invitée à dîner, et j'avais accepté parce que cette histoire de député m'excitait. Je m'étais revue, toute gosse, à Santana, dans les rues, sous les calicots affichant : *votez pour X, député fédéral*, etc. Alors, la fille s'est mise à parler de mon admirateur, pendant une demi-heure. C'était un flic. Pas un vulgaire flic, mais un homme adulé, comme le dieu de la police carioca. Avec, à son actif, une bonne série de prouesses. Une figure, quoi, bravant tous les périls, étalé dans tous les journaux, ami de la haute société et membre distingué d'un groupe d'élite, les Hommes de Fer, les seuls capables d'anéantir les plus grands crimes et de maîtriser les criminels les plus abominables. Bon, la choriste n'en finissait plus, elle parlait, elle parlait, et moi, je jouais l'indifférence, mais, en vérité, il faut avouer que je commençais déjà à m'intéresser autrement à ces yeux gris et à cette barbe. Si toutes les femmes en étaient folles, il devait certainement avoir un petit truc en plus. Alors, autant profiter du fait qu'il avait porté les yeux sur moi.

Et puis il s'était passé autre chose. Par rapport au cinéma, par exemple. J'avais commencé à m'y intéresser juste après la parution de ma photo en couleurs sur une pleine page de *Manchete*. La gloire, en fait. Et on avait fait appel à moi pour jouer le rôle de la voisine sulfureuse que le bellâtre veut se farcir, dans un film national. Bon, en fait, il ne se farcissait rien du tout, parce que l'héroïne, une emmerdeuse aux dents longues, parvenait à le sauver à temps de la perdition totale. Mais bon, je les avais battus tous les deux à plate couture. Je crevais l'écran. La dernière séquence où j'apparaissais avait été filmée à Jacarepagua, une journée entière en pleine canicule, et, à l'heure de rentrer, à la tombée de la nuit, il y avait eu un problème. Personne n'avait de bagnole. Et qui avait alors pointé le bout de son nez ? Notre héros, bien sûr, au volant d'une Coccinelle VW, moteur gonflé à bloc et toute cabossée, avec sa voix toujours aussi sucrée : « Mademoiselle Marlene, si vous voulez bien, je peux vous ramener. » Il a toujours eu ce ton-là, légèrement précieux, vous voyez ce que je veux dire : faussement chic. Mais bon, ça, je m'en suis rendu compte bien plus tard, quand on allait se séparer, quand le charme était rompu. J'ai accepté, bien sûr, mais je lui ai dit, « À la condition que vous n'invitiez aucun de ces crétins ». Je détestais la vulgarité de tous ces types du cinéma national. Eh ben, voilà, il l'a fait, et on s'est barré tous les deux.

En réécoutant la bande enregistrée, on se rend compte que le ton de la voix de Marlene Graça s'édulcore au fur et à mesure que le récit de l'histoire avec Mateus Romeiro se referme sur elle. En vérité, il semble qu'elle revit ce qu'elle raconte, et le reporter, perspicace, ne peut que constater que l'actrice conserve de cet homme, qu'elle affirme sereinement haïr, et de cette aventureuse période de sa vie, d'excellents souvenirs. C'est précisément cette contradiction — entre les propos haineux de l'actrice envers Mateus Romeiro, et l'intonation de la voix qui les proférait — qui pourrait nourrir intelligemment le reportage.

Mon Dieu, quelle chaleur incroyable il faisait ce jour-là. Je m'en souviens comme si c'était hier. Je n'avais qu'une envie, c'était de plonger dans une baignoire remplie de mousse, de tremper là-dedans avec un bon roman-photo, et de faire une bonne sieste avant de retourner à la boîte. Mais voilà, ce type, à côté de moi dans la voiture, il ne me laissait pas souffler. Il parlait de son boulot, de sa mission honorifique — oui, honorifique — de policier. Et il parlait d'un ton grave pour raconter n'importe quoi. « J'assure la protection des citoyens, mademoiselle Marlene. » (Je lui ai dit alors qu'il pouvait m'appeler Marlene tout court.) Et il disait qu'il avait la responsabilité de protéger ces citoyens des marginaux, en s'exposant à des risques inouïs, tout en sachant parfaitement qu'il ne serait jamais vraiment récompensé, que jamais personne ne l'admirerait pour ça, qu'au contraire, on le détestait... « Vous savez, s'il y a une chose que je n'ai jamais comprise, c'est bien cette haine que les gens ressentent pour la police. Vous y avez déjà pensé, vous ? » Non, je n'y avais jamais pensé. Comment j'aurais pu ? La police ne m'avait jamais embêtée, je n'avais jamais eu affaire à elle, alors pour moi, c'était comme si elle n'existait pas. Bien sûr, je n'ai pas dit ça à monsieur Mateus

Romeiro. Sinon, vous ne seriez pas là à me poser des questions. J'allais découvrir tout ça bien plus tard. Cette importance qu'il accordait à sa fonction de policier. Il s'adorait, et il se donnait le beau rôle. Sa mission, pour lui, c'était une question d'honneur, mon Dieu, quel type bizarre. Je le vois maintenant. Comment soupçonner que, derrière ces airs de sainteté, se cachait, comme disent les journaux, un criminel ? Et, en même temps, comment faisait-il pour concilier à ce point ces deux choses ?

Le reporter rappelle alors à Marlene Graça l'ambiguïté qui a toujours existé entre les rôles de policier et de truand Chacun d'entre eux s'affirmant comme l'opposé de l'autre, alors que coexistent, avec évidence, et avec autant de force dans les deux parties, le bien et le mal. En conclusion, le reporter cite Genet et Sade : comment, dans une société criminelle, éviter de commettre des crimes ? Marlene Graça hoche la tête d'un air entendu : ce qui signifie bien qu'elle n'a rien compris au propos.

C'est justement ce que je voulais dire. Il pensait avoir une bonne nature, donc logiquement hors d'atteinte de toute bassesse. C'est toujours ce qu'il disait quand j'abordais ce sujet. Des mois plus tard, j'ai compris qui il était vraiment. Mais la première fois que j'ai parlé avec lui, comment imaginer qu'il pouvait être à ce point méchant et dangereux ? Cruel, même. Il me semblait timoré, un type comme un autre, qui avait envie de me sauter, et qui ne savait pas très bien comment s'y prendre. Ça me faisait marrer. D'ailleurs, c'est pour ça — je me suis bien fait avoir, hein ? —, quand on est arrivé en bas de mon immeuble et qu'il m'a demandé d'un air timide, « je peux venir vous chercher pour qu'on aille ensemble à la boîte ? » — c'est pour ça que je lui ai souri comme une parfaite connasse. J'avoue que j'ai bien failli craquer et toucher sa bite, mais bon, il fallait que je me la joue grande dame. Et j'ai répondu, tout excitée, « Vous pouvez, oui ».

Témoignage de Benito Hernandez

Des douze procès ouverts contre l'Escadron de la Mort au Tribunal de Rio de Janeiro, il ressort qu'une forte pression est exercée sur les témoins sollicités lors de l'enquête, et qui, pourtant, n'hésitent pas, au départ, à dénoncer les coupables. Ils se rétractent en effet devant le juge, et préfèrent encourir le risque d'un procès pour faux témoignage plutôt que de maintenir leurs accusations. La peur qui les talonne ne fait qu'augmenter lorsque l'un des accusés, après l'obtention d'un recours, parvient à s'enfuir ou est remis en liberté, cas très fréquent dans les procédures relatives à l'Escadron de la Mort.

Tout comme celui des témoins, le comportement des accusés reste identique à chaque interrogatoire : à la différence des premiers, apparemment désespérés, ces derniers affichent une arrogance hors du commun, nient les crimes qui leur sont imputés, semblent n'avoir peur de rien, considèrent les témoins avec dédain et répondent aux accusations avec de petits sourires narquois.

Transposition intégrale du témoignage rendu par Benito Hernandez, de nationalité espagnole, né à Alta Sierra, au juge du 1er Tribunal du Jury de l'état de Guanabara, le 15. 1. 73, où comparaissent les citoyens Mateus Romeiro et Alcino Pinto dos Santos, pour la mort de Carlos Roberto da Silva, conformément au registre de Clovis Assumpçao, greffier, qui en fait foi.

Oui, Hernandez se souvenait de cet homme. Sa fonction, il l'exerçait avec un zèle discret. Durant les longs moments où il régnait en seul maître sur la réception de l'hôtel, il se disait qu'un portier se doit d'être attentif mais discret. Il avait reconnu cet homme au premier coup d'œil. C'était celui qui, déjà à trois reprises, était venu s'enquérir du client de la chambre 42, ce type qui couchait avec une grande folle — celle qui avait des seins de mulâtresse. Hernandez s'était dit plus d'une fois qu'il aimerait bien en palper un, mais comment faire, vu qu'elle gardait ses distances ? C'était un homme de grande taille, présentant bien — Hernandez n'irait pas jusqu'à dire, « un bel homme » —, barbu, les yeux gris, animé d'une étrange détermination. « Hé, toi, là, le portier ! » avait-il marmonné, un pied sur l'avant-dernière marche de l'escalier. Il avait fait un signe du doigt, pour lui demander de venir. Impossible de se méprendre sur ses intentions. Hernandez s'était levé, et s'était dirigé vers lui en silence, sans sourciller, car il avait repéré, luisant dans la main du type qui venait de lui faire signe, une arme de taille impressionnante.

Interrogé sur ses faits et gestes durant la nuit du 7 juin 1971, le témoin affirme qu'il est resté toute la nuit à son poste, au bureau de la réception de l'hôtel Duas Americas, à l'étage du 46 de la rue Buarque de Macedo. Il précise qu'il s'y trouvait encore quand deux hommes, dont l'un était armé, l'ont interpellé, et lui ont demandé dans quelle chambre logeait Carlos Roberto da Silva.

« Hé, toi, le portier », avait alors répété l'homme, en s'adressant à lui comme s'il était à des kilomètres, alors que Hernandez était déjà devant lui. Et puis, il avait bizarrement agité le canon de son revolver, de telle manière qu'il aurait suffi d'un minimum de finesse pour que Hernandez comprenne la signification de ce geste menaçant. « Si je veux te flinguer, je te flingue, d'accord ? » Tout cela enveloppé subtilement, et avec un calme olympien. Du haut des marches, l'Espagnol avait tout de suite perçu chez l'homme une grande excitabilité. À coup sûr, c'était un assassin, prêt à tuer au moindre geste maladroit. C'est pourquoi Hernandez s'était empressé de demander, d'un ton détaché, comme s'il n'avait pas vu l'arme, « En quoi puis-je vous être utile ? ».

Sur les documents photographiques qui lui ont été présentés, le témoin n'a reconnu aucun des deux accusés. Le procureur en a demandé acte. En effet, deux des photos représentaient Mateus Romeiro et Alcino Pinto dos Santos. Le témoin a précisé alors qu'à l'époque des faits, l'un des deux hommes portait une barbe qui masquait en partie son visage. D'autre part, il a ajouté qu'après avoir été interpellé par cet homme, il lui avait donné le numéro de la chambre occupée par Carlos Roberto da Silva. Que les deux hommes, après l'avoir menacé...

L'homme avait souri. Ce n'était pas un sourire dégoûté ou méprisant. Mais le sourire entendu d'un type habitué à voir les gens faire des jongleries pour échapper à la mort. Oui, sans aucun doute, c'était un assassin. « En quoi tu peux m'être utile ? » avait-il dit en ravalant son sourire qui s'était aussitôt figé en un rictus. « J'ai l'intention de buter quelqu'un, l'Espagnol. Et ça pourrait être toi. »

Silence. Une seconde qui parut une éternité, laissant le temps à une goutte de sueur de perler sur le front de Hernandez, prête à lui dégouliner dans l'oreille. « Mais... Pourquoi moi ? » avait-il osé. Se tenant au milieu de la volée de marches, l'autre homme avait l'apparence d'une statue : Hernandez ne l'avait pas vu bouger d'un millimètre depuis le moment où il avait remarqué sa présence. L'autre, celui qui tenait le revolver, avait négligemment levé sa main libre pour se lisser la barbe, et avait répondu, « ...Parce que je vais te demander quelque chose que tu ne voudras probablement pas me dire... »

Il venait d'atteindre l'étage, contraignant Hernandez à faire deux pas en arrière, et il lui avait collé son revolver sur la tempe. Un instant, l'Espagnol crut s'évanouir, mais il s'était efforcé de dominer ce malaise. Ça ne ferait pas avancer les choses. Il se disait qu'un portier d'hôtel doit apprendre à économiser ses gestes, à éviter d'agir inutilement, et à se dominer, à force de patience. Cette fameuse patience à laquelle leurs corps, épuisés par de longues nuits de veille, finissaient toujours par céder. « Mais, Monsieur, avait-il dit, je ne suis que le portier de l'hôtel. — Le portier ? Mais alors, c'est justement à toi que je veux parler. Alors, monsieur le portier, un petit renseignement. Dites-moi dans quelle chambre je peux trouver un type répondant au nom de Carlos Roberto da Silva ? »

Quand on a demandé au témoin quel était le calibre de l'arme avec laquelle on l'avait menacé, il n'a su que répondre. Il a dit qu'il s'agissait d'une arme de taille imposante, avec un canon long et très luisant. Mais il a avoué ne pas avoir pu l'identifier, car il n'avait jamais vu que des fusils de chasse, et encore, quand il était jeune, dans son pays natal.

Plaqué contre le mur, le front dégoulinant de sueur, les mains crispées, serrant les poings, il avait vu les deux hommes se glisser furtivement dans le corridor, en direction de la chambre 42. Et il avait imprimé dans sa tête l'injonction menaçante que l'homme au revolver lui avait adressée avant de s'éloigner : « Oublie-nous, l'Espagnol ! Retourne à ton poste, et remercie-moi de t'avoir laissé la vie. Que Dieu t'accorde une vieillesse heureuse ! »

Hernandez avait obéi. Il s'était traîné d'un pas lourd jusqu'au comptoir de la réception, les jambes flageolantes, et il s'était assis à sa place en attendant la suite des événements. Presque immédiatement après, il avait entendu le boucan de la porte défoncée, suivi de ce cri qui résonnait encore dans sa mémoire, si longtemps après, et qu'il s'efforçait d'oublier, ce cri de Carlinhos, « Mais m'sieur Mateus, qu'est-ce qui se passe ? » Hernandez s'était alors bouché les oreilles pour ne pas entendre le nom de l'homme qui l'avait menacé tout à l'heure.

Eh bien oui, après une éternité, il avait entendu des pas revenir dans le corridor. Et il avait vu défiler devant ses yeux ce cortège macabre : en tête, le troisième, qui, au fil du temps, s'effacerait de sa mémoire comme une ombre. Puis, le client de la chambre 42, vêtu seulement d'un short, en chaussettes et chaussures, les mains dans le dos.

Non, monsieur le Juge, je ne peux pas vous dire s'il portait des menottes. Vous comprenez, j'étais trop terrorisé pour porter attention à ce genre de chose.

Et, en fin de cortège, serrant le bras de celui qui était déjà son prisonnier, l'homme au revolver. Parmi les trois hommes, le seul qui avait cherché à communiquer avec Hernandez en scrutant son visage, c'était le prisonnier. Et il lui avait transmis un peu de son désespoir, si profond que Hernandez avait compris que l'homme au revolver avait atteint son but. « N'oublie pas, l'Espagnol ! » avait-il lancé en redescendant l'escalier, sans lui adresser un regard. « Oh non, je n'oublierai pas, Monsieur », avait alors pensé Hernandez.

...qui, en voyant les hommes redescendre, était resté figé à sa place, paralysé par la peur que l'homme au revolver ne vienne le tuer, comme il en avait été question. Hernandez, un long moment après leur départ, s'était levé de sa place pour aller regarder par la fenêtre, mais il n'avait relevé aucun indice de leur présence dans la rue déserte. Il lui fut donc impossible de préciser dans quel type de voiture étaient arrivés les deux hommes, ou même si quelqu'un avait fait le guet en bas de l'immeuble.

Au cours des années qui avaient suivi les événements, il n'était jamais parvenu à oublier. À tous les coins de rue, il croyait voir apparaître l'homme au revolver, avec son sourire ironique, sa barbe plutôt blonde. Et, dans ses cauchemars, il revoyait ce regard gris et ce canon de revolver, dans l'escalier, puis tout près de son visage. Tout cela l'avait poussé à quitter l'hôtel Duas Americas, et il avait sombré dans l'alcoolisme. Il passait ses nuits à boire, et pour cette raison, il avait accepté une dernière chance de travail proposée par des compatriotes à lui, patrons d'un hôtel. Et il était devenu veilleur de nuit dans une pension de dernière catégorie, à la Lapa. Là, dans le petit coin qui lui était réservé, derrière le grillage du comptoir, à la lueur de l'ampoule jaune qui éclairait en partie l'escalier, il n'avait toujours pas réussi à oublier. Plusieurs fois, pendant la nuit, en ouvrant le journal, il avait vu la photo de l'homme tant redouté et avait lu, avec des battements de cœur, les commentaires à son propos : « Mateus Romeiro, flic et truand », titraient les journaux. Hanté par la peur, il guettait, tétanisé, le bruit des pas dans l'escalier, et recevait les clients. Il comptait chaque minute, durant ces aubes interminables, et supportait mal le silence qui précédait le carillon de quatre heures. Puis il se mettait à compter. Cinq heures, six heures, jusqu'au moment de la relève, où il pouvait enfin s'en aller pour entrer dans le premier troquet voisin qui venait d'ouvrir. Voix indignée du procureur, à l'audience : « Mais, monsieur le Juge, cet homme est un ivrogne ! » Eh oui, que voulez-vous, il faisait jour... Et comment trouver le sommeil, avec cette obsession dans la tête, l'ombre menaçante de ce barbu, rôdant sans cesse dans sa mémoire, et prédisant, tel l'ange exterminateur, l'heure de sa mort.

Quelqu'un serait en mesure de dire ce qui s'est réellement passé cette nuit de juin 1971, à l'hôtel Duas Americas. Il s'agit de Benito Hernandez, le portier de nuit. C'est lui qui a accueilli les poursuivants de Carlinhos. C'est lui qui leur a indiqué le numéro de la chambre qu'il occupait. Malheureusement, Hernandez semble avoir des problèmes de mémoire, tout comme les autres témoins, d'ailleurs. Lors de son témoignage, non seulement il n'a pas reconnu la photo de Mateus Romeiro, l'un des auteurs incontestables de l'enlèvement de Carlinhos, mais il n'a même pas su dire si ce dernier était sorti de l'hôtel avec ou sans menottes. La seule chose que ce témoin était en mesure de déclarer au juge, c'est que Carlinhos avait les mains dans le dos. Quand on lui a demandé pourquoi il montrait tant de confusion dans ses déclarations, il a courbé l'échine et a dit, « J'ai un aveu à faire, monsieur le Juge. Cette nuit-là, j'étais saoul, j'avais bu cognac sur cognac. »

Quant à la grande folle aux nichons de mulâtresse, il l'avait vue pour la dernière fois quand elle avait dévalé les marches de l'escalier de l'hôtel Duas Americas. Quelques heures après le départ des trois hommes, elle avait débarqué pour retrouver son amant et Hernandez lui avait annoncé que deux types l'avaient emmené. Et, pour la première fois depuis qu'il la connaissait, il n'avait pas pensé à ses seins ni à leur drôle de forme. De toute façon, à partir de ce moment-là, les choses lui semblèrent toujours difformes, noyées dans un brouillard. Elle était descendue en hurlant, oui, elle hurlait, on peut dire ça, elle braillait de douleur, de désespoir. Hernandez l'avait bien vu. Mais il avait jeté ça aux oubliettes, enfoui dans les recoins les plus obscurs de sa mémoire, déjà encombrée par l'éclat du canon de revolver, ou celui, plus pervers, du regard gris de l'homme.

Procès 32-710. Conformément à la loi pénale, nous vous sommons par la présente de comparaître au procès intenté à Mateus Romeiro et Alcino Pinto da Silva (art. 12 du Code Pénal) et de vous rendre, le 15 janvier 1973 à 13 heures, au tribunal sis 115 avenue Erasmo Braga, 2e étage, afin d'y déposer votre témoignage.

L'officier de justice (signature illisible). A Rio le 20 décembre 1972.

Tout témoin absent à une convocation encourt une peine d'emprisonnement de 15 jours, et une procédure pénale pour désobéissance à la loi pouvant entraîner une peine de 15 jours à 6 mois de détention (art. 330 du Code Pénal).

Tout accusé absent risque l'emprisonnement pendant toute la durée du procès et risque, en outre, de voir sa défense compromise.

Il avait chiffonné les deux premières convocations. Il n'avait même pas ouvert la deuxième, ni la troisième : il savait de quoi il s'agissait. Finalement, ils étaient venus le chercher. Lors d'une de ces longues nuits de veille, les yeux exorbités, il avait entendu quelqu'un arriver par l'escalier, toujours saisi de terreur, une terreur grandissante. Il avait discerné des silhouettes sur la dernière marche. Ils étaient deux, comme lors de cette fameuse nuit. Mais aucun des deux ne portait de barbe. Il avait compris ce qu'ils lui voulaient. « Espagnol, dit l'un, tu as travaillé à l'hôtel Duas Americas ? » Il avait respiré à fond avant de répondre, « Oui. » Serait-ce juste de dire qu'il se sentit soudainement apaisé ? Un des hommes avait alors retiré de sa poche une photographie représentant un type barbu. « Tu le connais ? » « Non. » « Très bien. Il ne le connaît pas. » Et ils s'étaient mis à lui poser des questions sur les convocations qu'il avait reçues.

« Vous savez, M'sieur, moi, je fais les nuits, je n'ai rien à voir avec la Justice. Pourquoi venir m'embêter ? » « Du calme, l'Espagnol, lui avait dit alors le type qui tenait la photo, on n'est pas venu ici pour troubler ta conscience. On est juste venu te dire que tu dois comparaître devant le tribunal, et qu'il ne faut pas ignorer une convocation de la Justice. Ils te montreront une photo identique à celle-ci. Tu n'auras qu'à leur dire ça, c'est tout... Je n'ai jamais vu cet homme, je ne sais pas de quoi il s'agit. » « Oui, oui... » Hernandez savait dire ça depuis toujours. Et là, il recommença à le dire. Le balancier de l'horloge répondait en écho, « Oui, oui ». Il obéissait, pour que son âme, ou celle de l'homme barbu, ou celle de Carlinhos dans l'autre monde, ou celle de la grande folle aux nichons de mulâtresse, trouve la paix.

Trois jours plus tard, à la barre des témoins, il avait suivi les consignes à la lettre. Sur la photo, le regard gris de l'homme à la barbe le fixait, et Hernandez y avait lu, inscrite, toujours la même phrase, obsédante : « N'oublie pas ce que je t'ai dit, l'Espagnol... »

Aguinaldo Ribeiro, seul

I

L'homme se tient devant sa machine à écrire. Il est dix-neuf heures, heure à laquelle les salles de rédaction des journaux sont en effervescence. Il y a toujours une info de dernière minute à vérifier, le temps presse, et les reporters — ils sont encore une demi-douzaine dans les locaux — hésitent à se rendre sur place, à s'exposer à des risques qui, à l'extérieur, sont bien plus importants que ceux que les dépêches, à peine tombées, laissent supposer.

Il fixe le clavier de sa machine, et les lettres s'embrouillent dans sa tête. Il tente de former des mots, mais ils lui échappent. Il contemple les touches et se laisse aller dans son délire : elles ont une vie à elles, ces touches, elles seraient bien capables, après une nuit d'insomnie, au petit matin, de se mettre toutes seules à écrire et à raconter toutes les conneries qu'il a pu faire, et les sanctions qu'il mérite. Et lui, tout seul, allongé sur son lit, frissonnant et trempé de sueur, il entendrait leur cliquetis et il n'oserait sans doute même pas se lever pour jeter le moindre coup d'œil sur leur terrible rapport.

Hier, j'ai fait un truc franchement désagréable. J'ai dû grimper les escaliers d'une pension merdique de la Lapa pour aller menacer le veilleur de nuit, un Espagnol. Ce n'est pas tellement le fait de l'avoir menacé qui me turlupine. Mais c'est d'en être arrivé à ce point, de me retrouver à grimper cet escalier crasseux, dans la lumière blafarde du petit jour, l'odeur insupportable de pisse, de sueur et de cafards écrasés, à regarder droit dans les yeux cet Espagnol pour lui dicter sa conduite pendant le procès. Et si, plus tard, ce type me reconnaissait ? Si jamais il était moins trouillard qu'on le pense et qu'il se mettait à tout balancer au tribunal ? Je serais foutu. Mais bon, c'est la vie. On entasse les conflits, les erreurs. C'est comme la gale, on laisse se former les croûtes et la peau devient dégueulasse. « Mais ça ne va pas, Aguinaldo Ribeiro, qu'est-ce qui te prend, qu'est-ce que tu as aujourd'hui, tu es bien amer... » se dit-il.

Les touches du clavier luisent, menaçantes. Il pose les mains dessus, il a peur. Et si tout d'un coup elles se mettaient à écrire toutes seules ?

Et tout ça pour défendre son pote, son frère, Mateus Romeiro. Qui, étant loin d'ici, se trouve hors d'atteinte de tout grief, de toute culpabilité. De plus, il ne lui reste plus rien à avouer : sa vie est exposée au grand jour. Il se souvient de leur dernière rencontre. Ils étaient ensemble, sur la promenade du bord de mer, à Copacabana. Il faisait froid, et Mateus Romeiro, qui s'était rasé la barbe, avait le visage étrangement blanc. Il portait des lunettes noires et se cachait sous un poncho. « Je me tire au Paraguay, mon vieux, avait-il dit. Le chef de la police d'Assumption en sait long. Il a intérêt à me soutenir. Après tout, la base de l'organisation se trouve là-bas, je me démerderai toujours, va. » Ça, c'était du Mateus Romeiro pur cru. Un pauvre diable, solitaire, inconscient, terriblement sûr de lui. Pervers et impuissant.

Là-dessus, Aguinaldo Ribeiro retire vivement ses mains du clavier, les touches lui brûlent les doigts et lui lancent une sorte de défi : « Allez, écris, si tu en es capable... »

Punaise, quelle chaleur. Par les fenêtres ouvertes, un air brûlant s'engouffre dans la pièce, entraînant avec lui des relents d'égout. La nuit tombe, et dans le ciel on voit déjà apparaître les premières étoiles. La pluie s'annonce, mais rien ne pourra adoucir cet implacable été. Il est dix-neuf heures, à vingt heures j'aurai terminé ma chronique, demain elle sera publiée sous le titre « Le Roman de la Vie », et signée Aguinaldo Ribeiro. Et encore une fois, j'aurai la sensation d'exister, malgré les conflits, malgré les remords. Mais tout ça seulement s'il ne pleut pas cette nuit, si ma bagnole ne dérape pas au coin d'une rue, si un poteau ne vient pas se planter en travers de ma route, ou encore si je ne trouve pas devant ma porte un taré prêt à me loger une balle dans le cœur. Eh oui, merde, j'en ai vu pas mal dans ma vie, des cadavres sanguinolents. Il pourrait même me défoncer le crâne avec sa balle.

Non, pas le crâne, non. Ça, c'était seulement un cauchemar récurrent. Un homme au visage grêlé le poursuivait, une arme à la main, et l'atteignait à la tête juste au moment où il allait tourner au coin d'une rue, où il allait pouvoir lui échapper. Le sang giclait et éclaboussait le mur devant lui, il se sentait doucement tomber, s'effondrait, et son pied glissait dans la mare de son hémorragie.

Lettre expédiée de Curuzu Cuatia, Argentine : « Voilà, je te demande un coup de main, du fin fond de ce coin perdu. Je sais que l'Espagnol en question s'appelle Hernandez, qu'il boit comme un trou. Il chie dans son froc en pensant à moi, monstre cruel. Alors, tu le trouves et tu lui remets les idées au clair. Comme ça, devant le tribunal, il fermera sa gueule. »

Malédiction. J'ai grimpé cet escalier puant, Arnobio sur les talons. Ce con d'Arnobio, pété jusqu'aux yeux. On a toujours l'impression qu'il va éternuer et se désintégrer, avec toute cette poudre accumulée dans ses veines. Une fois, je lui ai demandé : « Arnobio, comment tu fais pour pas être transformé en statue de plâtre, à force de te shooter à la blanche ? » Lui, il répond jamais, il met des chemises à manches longues pour cacher ses marques de piqûres, les traces violettes sur ses veines, et il porte des lunettes noires pour masquer son regard vide. Aguinaldo, tes amis sont sordides. Mais non, je ne peux pas trahir mes amis, au point où j'en suis. C'est bien pour ça que je suis allé avec Arnobio dans cet espèce de bouge, pour menacer l'Espagnol. Pour que Mateus Romeiro s'en tire, pour garantir sa victoire dans ce procès. Comme ça, les autres procès traîneront en longueur et ça lui laissera le temps de tout arranger.

La machine à écrire se met à inonder la feuille blanche d'une cascade rugissante de lettres : « ...aujourd'hui, dans le commissariat du cinquième district, les agents de la loi, pourtant renommés pour leur force de caractère, ont été saisis d'émotion devant une scène dramatique ». Il revoit alors, sous ses yeux, cette femme enceinte, jambes ouvertes, en train de hurler, et ce flic qui fourrageait dans son con pour choper la tête du gosse. Elle accouchait : « Une pauvre indigente, entrée dans le neuvième mois de sa grossesse, voyant arriver le moment de sa délivrance et n'ayant aucune solution pour accoucher, a cherché de l'aide auprès de ceux qu'elle a toujours redoutés, vu sa marginalité. Je crois que je vais avoir un enfant, a-t-elle déclaré au commissaire. »

À dix-neuf heures cinq, il s'accorde une pause, après cette nouvelle journée de lutte à bras le corps contre sa machine. Et il commence à reprendre le dessus. Les touches, bien que récalcitrantes, se décident à obéir. Le lendemain, les lecteurs de cette feuille de chou à 80 centimes vont une fois encore découvrir son poignant récit — l'absurde, le réel et tragique Roman de la Vie, pour citer ses propres mots, lors des jours de grande inspiration.

Tout comme, quatre ans plus tôt, il avait écrit « Attaque de Ringo à Copacabana », après avoir rencontré ce jeune policier plein d'ambition et avoir vu en lui un moyen de réaliser quelques-uns des ses rêves. Et il avait rédigé, en soixante-cinq lignes, de soixante-cinq caractères chacune, le portrait sec et féroce de cet homme au regard glacial. Mateus Romeiro, son ami pour la vie, car le crime allait les unir pour une noce sinistre. À cette époque, l'organisation attirait déjà le jeune flic et Aguinaldo Ribeiro se trouvait dans le camp opposé. Avec son flair de reporter, il cherchait à pister, à comprendre les secrets de cette impénétrable bande, qui s'était ramifiée et développée un peu partout, et qui se montrait prête à organiser le crime dans tous les États-Unis.

Et j'ai fini par comprendre : ce reportage, je ne le ferais jamais, ou alors j'y apposerais une signature posthume. Car cette organisation, c'était nous tous, le monde dans lequel nous vivions, cette abominable république d'assassins. Si puissante qu'elle englobe ceux qui sont chargés de maintenir l'ordre et ceux qui perpétuent le crime. Elle ignore les scrupules, méprise les sanctions. Et tous les hommes, qu'ils en fassent ou non directement partie, travaillent pour elle. Vols de voitures, trafic de drogue. Conduire les bagnoles volées à Rio, à Sao Paulo, sous une protection des plus rigoureuses, jusqu'à la frontière du Paraguay. Et de là, revenir chargé de cargaisons de maconha et de coke. Une longue chaîne, initiée par les gardiens de parkings, les voleurs de voitures, et les dealers des coins de rue. Ceux-là, ils meurent, ils tuent, ils se retrouvent derrière les barreaux, condamnés. Ou bien ils parlent trop, et on les retrouve sur les routes, criblés de balles de calibre 45. Quelquefois, même, ils n'ont pas l'occasion de parler : on les exécute avant. Pour qui travaillent-ils ? Qui les recrute ? Et comment ? Non, ce serait une erreur de chercher à découvrir le fonctionnement d'une telle organisation, Aguinaldo l'a appris à ses dépens. La vérité, c'est que la société elle-même est plongée dans les acides du crime, avec tous ces minables qui crèvent de mille morts, et tant d'autres, exploités à fond : comment combattre tout ça ? De temps à autre, un procès. L'atmosphère, alors, devient nauséabonde, mais les lois ne suffisent pas. Comme maintenant, dans le cas de Mateus Romeiro. Pour le procureur, Mateus est une personnalité psychotique et commet ses crimes sous l'emprise de son esprit égaré. Il s'agit d'une personnalité aspirée par le mal, qui élimine les délinquants en pensant rendre ainsi service à la société. Même la justice, qu'on ne peut pas qualifier d'innocente, sait toujours s'arrêter à temps, et son action se limite à faire de Mateus Romeiro ou de tout autre individu de son genre, un cas particulier. Pour que l'organisation puisse se développer, gagner du terrain, se propager, prendre corps et se muer en toile d'araignée couvrant tout le territoire. Tout le monde est voleur, Aguinaldo Ribeiro, tout le monde est compromis. Alors, pourquoi pas toi, jeune reporter fraîchement débarqué de Barra de Pirai ?

D'accord, mais au début, je rêvais d'être une sorte de justicier, un gars qui lutte pour la bonne cause, et qui provoquerait, pour cette raison, l'admiration des lecteurs, nom de Dieu. Et au fait, quand, quel mois, quelle année, ai-je abandonné ce vernis de rêves charmants ? Comment, et par quoi, les ai-je remplacés ?

Et voilà ses pensées en ébullition. Sûrement à cause de la chaleur. C'est encore la révolte des touches, elles restent muettes. Et voilà que son regard s'accroche à elles, il demande, il implore... s'il vous plaît... À ce moment-là, une voix cristalline, apparemment étrangère à ses malheurs, résonne au fond de la salle de rédaction.

Assis à une table dans un bar de Copacabana, il écoutait le réquisitoire de Mateus Romeiro contre la *maconha*... « Ça rend impuissant... » Ah, la belle affaire. Le jeune flic se prenait pour un phare illuminant ce monde glauque où tous ne faisaient que barboter. « Je suis jeune, disait-il, je suis beau. Ma bite mesure à peu près vingt-cinq centimètres, les femmes sont à mes pieds... Je fais partie des hommes de confiance du Secrétaire à la Sécurité, on m'a chargé souvent de protéger le Gouverneur. Je suis puissant, Aguinaldo, ça me donne l'impression d'être éternel. Et tu viens me demander s'il ne vaudrait pas mieux être quelqu'un d'honnête ? Je suis au-dessus de ça. L'honnêteté, c'est bon pour le commun des mortels. Moi, ce que je dois faire, c'est me tailler ma part du gâteau, la part du lion. Regarde, les richesses du monde s'étalent sous mes yeux, et elles me disent : "Viens, prends-nous, s'il te plaît, Mateus Romeiro, tu es jeune et beau, nous sommes faites pour toi". Les richesses, Aguinaldo : les bagnoles, les gadgets, les femmes, les vins qui coûtent la peau des fesses... Tout ce qui est bon. Et tu sais, il y a plein de gens qui n'ont pas le droit d'y toucher. Tu veux que je fasse partie du lot ? »

Je crois que c'est à ce moment-là que ma naïveté a pris sa première baffe. J'avais réussi à parvenir jusqu'à Mateus Romeiro, que l'organisation avait sollicité pour faire partie de ses cadres, et je tentais de le convaincre de tout me dévoiler, pour devenir en quelque sorte le héros de la longue histoire que je comptais raconter dans le journal. Et tout ça sans soupçonner que j'avais affaire à quelqu'un d'irrémédiablement pourri, depuis le premier jour, quand il avait vu luire sous ses yeux le canon d'une arme à feu et qu'il s'était dit, sans aucun doute : « Je suis né pour tenir ça dans les mains. »

« Bon, eh ben, écoute, avait poursuivi Mateus, réfléchis deux secondes. Un jeune reporter comme toi, ambitieux et tout, qui loupe tout parce qu'il est partagé entre le bien et le mal ? Il n'y a ni bien ni mal, Aguinaldo, il y a des règles, des principes. La société nous paye pour que nous assurions sa bonne marche, c'est-à-dire son profit, ses bénéfices. En échange de quoi on nous donne le droit d'empocher les nôtres. C'est comme ça, on est tous du même côté. Considère le monde : est-ce que tu vois la justice autour de toi ? Les choses sont comme elles sont. Voilà la seule façon de les voir, pas vrai ? Mais ça, ce n'est pas notre problème, mon vieux, parce que la bonne volonté ne change rien à ces choses, et d'ailleurs personne n'a intérêt à ce qu'elles changent. Tu rames à contre-courant, Aguinaldo Ribeiro. Fais comme moi, joue le jeu. »

Et, sur sa chaise, là, devant moi, Mateus Romeiro changeait de dimension, ses yeux gris lançaient des éclairs, oui, je le sentais, il nourrissait des espoirs immenses, il modelait son avenir avec une poigne de fer, il manœuvrait, sans soupçonner qu'un jour il serait manœuvré à son tour. Mais après tout, est-ce que ça ne lui convenait pas ? Oui, ça lui convenait bien de s'immerger dans ce que, moi, je pensais être le mal. Pendant ce temps, je l'imaginais aux prises avec d'horribles intrigues. Il était heureux, lui, cet homme de mon âge, aux idées si différentes des miennes, il se précipitait corps et âme dans ce que, moi, je refusais. N'était-ce pas là le début de ce qu'on appelle la décadence ? Non, il était trop beau, et dans l'éclat de son regard, je lisais que le mal (tout au moins ce que j'appelais le mal) ne l'atteignait pas, ne laissait en lui aucune trace. Et pour la première fois, le doute plantait en moi sa semence.

> « Tu sais à quel point ces Espagnols sont trouillards, il suffit de taper du pied pour qu'ils détalent. Alors, fais ça pour moi, vieux frère, pense à moi qui suis prêt à franchir encore une fois la frontière de notre Brésil. La chaleur carioca me manque, j'en suis malade. Embrasse les femmes pour moi, couille molle. On va bientôt se revoir. »

Et voilà que la machine à écrire recommence à lui mordre les doigts, à l'insulter. Il réagit, et les mots s'organisent en une avalanche de lieux communs : « ...l'accouchée, le visage en sueur, la tignasse hirsute, son nouveau-né sur le sein, a tourné pour la première fois son regard vers le policier, les yeux remplis de larmes. Et elle a murmuré deux mots, seulement, entre ses lèvres gercées... « Merci beaucoup... ». Ouf, ça y est. Il a gagné sa journée, non sans peine. Et il se sent saisi par l'euphorie de vingt heures, oui, encore une fois, il aura le dessus, et la machine à écrire n'a plus qu'à aller se réfugier entre les deux touches des parenthèses. Elle n'existe déjà plus. En tout cas, elle a perdu l'arrogance et la noirceur qu'elle semblait avoir quand il s'était assis devant elle, à dix-neuf heures. Il se lève, se dirige vers le bureau du rédacteur en chef, et lui adresse un salut ironique — ce sont de vieux amis, ils n'ont plus de secrets l'un pour l'autre. « Ça chauffe, hein, Carvalho ? » lui dit-il, et, en guise de réponse, le reporter esquisse un geste de la main, comme pour s'éventer : « Puuuutain... Alors, ça y est, ton papier ? » Oui. Il l'aura rendu exactement à l'heure. S'il avait dépassé la limite de vingt heures, sans soumettre la machine à sa loi, c'est elle qui l'aurait terrassé, sans aucun doute. Et son clavier se serait déchaîné dans une rage d'écrits inintelligibles, et l'aurait aspiré dans son engrenage de ressorts et de leviers.

Vertige. En face de moi, le visage de Mateus Romeiro était tellement radieux que ça me flanquait le vertige — dans sa mémoire, en tout cas, c'est cette image qui persiste. Là dehors, la journée était chaude comme celle-ci, et il suffisait de traverser la rue pour voir la mer, les vagues qui se brisent, les couples qui baisent sur la plage. Mateus avait fini par se taire, il sirotait son drink, regardait avec froideur les femmes présentes dans le bar, toutes plus jolies les unes que les autres. Si j'avais tout de suite interrompu son laïus, j'aurais certainement réussi à tirer mon épingle du jeu, mais ce n'était plus possible — il en avait trop dit. Et puis le doute germait en moi (remords, culpabilité), et je commençais à me sentir coincé. J'ai porté, d'un geste vif, mon verre à mes lèvres, et j'ai bu. Alors, Mateus Romeiro a compris qu'il était en train de réussir à me convaincre.

Ce connard d'Espagnol, qu'est-ce qu'il tremblait. Il puait le cognac, et fallait voir ses yeux terrorisés. « Je fais les nuits, pourquoi vous venez m'embêter ? » Ça fait à peine quatre ans, et quand je n'arrive pas à dormir, je me demande s'il existe quelqu'un qui soit tombé si bas que moi en si peu de temps. Oui, question obsédante : de quel côté je serais maintenant, quels remords j'aurais, s'il n'y avait pas eu Mateus Romeiro ?

Deux jours après sa rencontre avec le policier, il se trouvait dans la salle de rédaction, toujours dévoré par le doute, lorsque Arnobio Fontana s'était approché de lui et lui avait dit tout bas : « Aguinaldo, faut que je te parle. » Il avait levé les yeux vers lui, et n'avait vu que sa bouche, aux lèvres livides, et son nez, aux ailes rougies, les narines pincées à force d'avoir sniffé. « Me parler, à moi ? — Ouais, un truc qui nous intéresse tous les deux. » Et, à ce moment-là, la roue du destin s'est mise à tourner, l'engrenage était enclenché. Pour la première fois, Aguinaldo se sentit basculer, tomber. Au fond du puits, il y avait tout ce que jusqu'à ce jour il avait refusé, et qu'il allait découvrir. Une quantité de promesses mirobolantes. Il l'avait compris dans le regard d'Arnobio Fontana : l'organisation avait finalement décidé de le contacter.

« P.S : Attends-toi à recevoir bientôt une autre lettre. Je ne serai plus très loin de vous tous à ce moment-là. Salue tous nos frères de ma part. »

En marge du procès

I

Extrait de la chronique « Le Roman de la Vie » d'Aguinaldo Ribeiro :

> Quelque part, dans une banlieue pauvre du Grand Rio, les Hommes de Fer sont à nouveau réunis. À l'ordre du jour, les mesures essentielles à prendre pour combattre la criminalité. Ils sont habillés comme tout le monde, et ne se distinguent en rien des gens du peuple, qu'ils ont l'habitude de côtoyer.
>
> Mais, sous ces vêtements de simples ouvriers, se cachent les véritables héros de notre communauté, prêts à tuer, et à sacrifier leur vie s'il le faut, pour le bien et la tranquillité des citoyens.

Le premier porte un bleu de travail élimé, une gamelle enveloppée dans du papier journal et entourée d'une ficelle, et, dans l'autre main, un sac de toile grossière dans lequel on devine la forme d'un objet plutôt long et lourd. L'homme est grand et fort, son visage est légèrement taché de cambouis, et, de sa casquette, dépassent quelques cheveux blonds. On pourrait penser, en le voyant ainsi vêtu, qu'il vient de sortir de l'une des petites usines installées de l'autre côté de la rue. L'homme arrive sur un terrain vague, en déplaçant délicatement les planches qui bouchent le trou pratiqué dans le mur, et il referme le passage derrière lui.

Sur ce terrain vague, des taillis et des hautes herbes entourent un espace dégagé, de toute évidence récemment débroussaillé. L'homme constate qu'il est le premier, qu'il est seul. Il consulte sa montre, sans laisser apparaître le moindre signe d'impatience. Il s'accroupit, ouvre son sac de toile et en retire une mitraillette qu'il pose soigneusement entre ses pieds, après l'avoir caressée d'un geste tendre.

À sa suite, deux hommes, passés par la même brèche dans le mur, surgissent des taillis. Ils sont habillés comme lui. L'un d'eux semble avoir dépassé la cinquantaine, et l'autre, bien plus jeune, est petit et râblé. Ils saluent l'homme à la mitraillette, et le plus vieux commente :

— Si c'était une compétition, c'est le Gringo qui serait le vainqueur. Il arrive toujours le premier.

Le Gringo, qui vient d'allumer une cigarette, ferme les yeux en plissant les paupières, irrité par la fumée. Et il laisse échapper un grognement que le petit râblé s'empresse de commenter :

— Ben, c'est pas si évident que ça d'arriver pile à l'heure, hein Gringo ?

Il est midi. Le soleil écrase la ville. Le Gringo lève les yeux vers le ciel, fronce les sourcils et constate qu'il n'y a pas un nuage. Il jette un regard aux deux autres hommes pour les prendre à témoin. Ils fouillent le ciel du regard et hochent la tête en signe d'approbation. Puis, toujours dans sa position accroupie, le Gringo détourne son regard pour saluer l'arrivée de trois autres personnages.

— Et Mateus ? demande-t-il.

Pas de réponse. Ils forment maintenant un petit conseil

de six. Pourtant, ils attendent encore. Les Hommes de Fer sont neuf. Mateus Romeiro est toujours le dernier à rappliquer, ils le savent.

— Un irresponsable, ce Mateus, commente l'un des derniers arrivés.

— Il prend les choses à la légère, lâche le Gringo. Et sa main caresse à nouveau sa mitraillette, d'un geste doux.

— Pourquoi t'as une arme entre les pattes, toi ? lui balance le petit râblé.

À cette remarque, les cinq autres répondent par un regard étonné : ils cachent tous un arsenal personnel sous leur bleu de travail. Le plus vieux arbore même, plaqué contre la cuisse, un étrange poignard, dont la lame est sûrement fatale, mais qui semble avant tout ornemental, enfermé dans son étui d'argent finement ouvragé.

— On ne sait jamais, répond le Gringo, la main posée sur la mitraillette. Ça peut servir. Hein, qui sait ? On pourrait se retrouver en face d'un faux cul.

— Ici, tu veux dire ? Le petit râblé tente un sourire, cherchant l'approbation des autres. Qui peut nous trouver ici, y a que nous qui connaissons cet endroit.

— Raison de plus, enchaîne le plus vieux. Je mène cette vie depuis plus de vingt-sept ans. J'ai eu le temps d'apprendre qu'il est toujours bon de garder une certaine modération dans la confiance qu'on accorde aux autres.

Tous le regardent en silence. Peut-être sont-ils reconnaissants à son égard de leur faire la grâce de les mettre en garde.

Un septième homme se glisse par la brèche du mur et s'avance entre les taillis. Les autres écoutent en silence ses pas pressés, et attendent. Il fait irruption dans le cercle, salue à la ronde d'un mouvement de tête, et prend place au sein du conseil. Le Gringo jette encore un coup d'œil à sa montre, imité aussitôt par les autres.

— Midi quinze, annonce-t-il. Il lève à nouveau la tête pour tenter de vérifier avec le soleil, puis laissant cette fois éclater son impatience, il arrache vivement sa casquette et se gratte la tête.

— On ne peut pas commencer sans Mateus et Alcino, dit le nouvel arrivant. On est là justement pour parler de ce qu'ils ont fait.

Un silence lourd s'étend sur l'assistance. Peut-être que là dehors, on aura remarqué l'étrange cortège de ces ouvriers silencieux se glissant par la brèche du mur, tenant tous une gamelle entre leurs mains moites. Quel drôle d'endroit pour déjeuner, pourrait-on se dire. D'autant plus curieux que, durant la nuit, des mendiants s'y réfugient et que ça doit sentir sérieusement la merde. Mais le quidam intrigué ne s'attardera pas longtemps et ne prêtera pas vraiment attention aux activités de ces quelques ouvriers, qu'il oubliera vite en dépassant le coin de la rue. Quant à celui qui passerait après lui, il ne remarquerait plus rien, sinon un tas de planches, un mur, et la végétation qui en déborde.

Les deux derniers arrivants, en retard, qui apparaissent enfin entre les taillis, sont les plus jeunes du groupe. L'un des deux, yeux verts et cheveux noirs, semble se laisser mener par l'autre, qui se distingue par sa barbe plutôt blonde et son regard gris. Malgré la chaleur, ce dernier a couvert sa tête d'un bonnet, et, détail discordant avec son bleu de travail crasseux, il a les ongles des mains soigneusement faits et légèrement vernis, ce que le Gringo ne manque pas de relever :

— Quel ouvrier tu fais, dis donc, Mateus ! Tu sors de chez la manucure !

— T'es venu ici pour parler de mes ongles ?

— Non, pas du tout, dit le Gringo, les yeux mi-clos, on est là pour parler de ta dernière victime.

— J'ai fait ce que j'avais à faire. Alcino était avec moi, c'est mon témoin. J'avais pas le choix, ce type était dangereux.

— Ce Carlinhos ? dit le Gringo, les jambes repliées dans une position de fauve à l'affût. Ce pauvre type ! Je suis sûr que tu n'avais pas besoin de le descendre. Il te suffisait de lui foutre la trouille un bon coup, Mateus, et il se serait écrasé vite fait dans sa coquille.

Deux hommes du groupe approuvent d'un mouvement de tête. Alcino, le gars aux cheveux noirs et aux yeux verts, hésite, mais son compagnon, menaçant, fait un pas en avant.

— Je sais ce que je fais. J'ai fait ce qu'il fallait. Je l'ai liquidé parce que c'était la seule solution. Qu'est-ce qui vous fout la frousse ?

Après ces mots, il esquisse un vague geste de lassitude. Il sent bien qu'il est allé trop loin. Ses compagnons sont réputés pour être déterminés, on dit qu'ils n'ont peur de rien ni de personne, qu'ils sont capables de tout et obtiennent ce qu'ils veulent, car ils n'hésitent pas à recourir à la violence. Comment oser les accuser d'avoir peur, pour un crime qu'ils n'ont même pas commis ?

— Tu vois un trouillard parmi nous, Mateus ? demande le Gringo, le visage fermé.

— Enfin, façon de parler, répond l'autre. Vous avez lu, les journaux l'ont noté. Vous avez lu toutes leurs conneries. Encore une victime de l'Escadron de la Mort, c'est ça qu'ils ont dit. Demain, ils parleront autrement, et nous, on se sera débarrassé d'un type encombrant. J'ai reçu une lettre de Corumba. Il est allé raconter n'importe quoi là-bas, pendant son dernier voyage. Il paraît qu'il a essayé de faire des transactions pour son propre compte. Directement avec les gens du Paraguay. Il en savait trop.

— Oui, mais c'est toi qui l'as recruté.

Mateus Romeiro transpire. La sueur perle de son front basané et coule derrière ses oreilles. Il jette sa gamelle sur le sol et cherche en vain un mouchoir dans la poche de sa salopette. Sa main rencontre le canon de son calibre 45 camouflé sous sa ceinture, de façon d'ailleurs peu confortable. Et il se tourne vers Alcino, qui évite son regard.

— Au départ, c'était un petit voleur de merde, affirme le Gringo, et c'est toi qui lui as tout appris. Tu n'as pas pigé dès le début qu'il allait nous faire des ennuis ?

— Ça ne t'est jamais arrivé de te tromper, Gringo ?

Là-dessus, le Gringo se lève, agilement, comme s'il était mû par un ressort. Il est bien plus grand que ses huit compagnons, et ce n'est pas seulement pour ça qu'il en impose. C'est aussi parce que les autres le saluent, avec ses longs silences et ses propos réfléchis, comme celui qui en sait le plus sur eux et sur toute l'organisation. Ils pensent sans doute que le Gringo est une lame menaçante qui effleure leur gorge en permanence. Il est la chaîne qui les tient tous ensemble attachés, par la force. Ils ne peuvent donc que se montrer pleins d'égards envers lui.

— En neuf mois, Mateus Romeiro, tu as éliminé trois hommes. C'était seulement trois voleurs de bagnole, comme tu l'as si bien écrit sur les morceaux de carton que tu as pendus au cou de leurs cadavres. Les journaux en parlent, c'est mauvais. Ils disent en toutes lettres que les bagnoles volées sont conduites à Sao Paulo et de là dans le Mato Grosso et au Paraguay. Mais il y a pire, et ça, c'est nouveau : ils racontent qu'en permanence, des livraisons de coke prennent le chemin inverse. Jusqu'à présent, personne n'a fait le lien entre ces événements. Tu vois où je veux en venir ?

— Mais la presse, on peut se la mettre dans la poche, risque alors Mateus Romeiro, sans interrompre pour autant le raisonnement du Gringo.

— Faudrait pas que quelqu'un fasse le lien, parce qu'il s'ajouterait vite un élément nouveau : tu as été vu plus d'une fois en compagnie de ces voleurs de bagnoles que tu as éliminés. Et là, on peut s'attendre à des emmerdes.

Et les sept autres d'approuver en silence. Pendant la courte pause qui suit, chacun éprouve la puissance implacable du soleil au zénith, avec l'impression même de pouvoir palper cette chaleur que l'absence du moindre souffle d'air transforme en masse invisible. Ils se disent qu'il est fort probable que l'orage éclate en fin d'après-midi.

Mateus Romeiro se passe une main sur le front et en dégage la sueur, d'un geste nerveux. Il sait que ses compagnons, sans s'être clairement prononcés, approuvent leur maître, le Gringo. Malgré tout, il s'acharne.

— C'est comme ça, les affaires, Gringo. Je sais, il y a pas mal de risques. Mais si on commence à voir le danger partout, autant renoncer.

Oui, il ose argumenter, parce qu'il se sait jeune et beau et parce que son ambition est sans limites, sauf, peut-être, quand elle se heurte à la solide muraille que représente le Gringo. Et pourquoi ne pas imaginer, si tout lui est permis, que, dans un avenir proche, il pourrait prendre la place de l'autre, être le centre du groupe, celui que le secrétaire à la Sécurité choisirait comme mentor, comme conseiller, et qu'il pourrait alors tirer tous les avantages possibles d'une telle situation ? « Il me suffirait de tenir l'autre en échec, pense-t-il. Et aussi, de me montrer plus malin que lui, lui et sa logique irréfutable. »

— Autant renoncer, reprend-il, en pesant ses mots.

— Ce qu'il faut que tu te dises une bonne fois pour toutes, Mateus Romeiro, c'est que nous ne sommes pas des surhommes, comme l'écrit ton ami Aguinaldo Ribeiro. Nous sommes des pères de famille, nous avons des enfants à élever, et nous nous débrouillons avec les moyens du bord.

Pendant son discours — le Gringo peut maintenant le constater — il a réussi, une bonne fois pour toutes, à mettre les autres de son côté, à les réunir autour d'une même idée.

— C'est vrai, dit le plus vieux d'entre eux, il ne faut pas compliquer les choses. L'organisation nous paye pour protéger ses hommes, les recruter. Et la société nous paye pour qu'on la défende contre les criminels, y compris ceux de l'organisation. La règle du jeu me paraît claire. Le seul fait qui nous place hors du commun, c'est qu'on soit bien considéré par les hautes sphères. Si on perd tout crédit à leurs yeux, alors là, Mateus, ça va faire mal.

— Je n'ai pas tué pour le plaisir, murmure Mateus, qui commence pour la première fois à se justifier.

— Je sais, répond le Gringo, d'un ton paternaliste, l'air de sous-entendre : « ... celui-là, c'est un peu mon fils, bien qu'un peu trop souvent prodigue... » Moi-même, ça m'est arrivé de tuer... Et les autres sourient, complices. Ils sont célèbres, les meurtres du Gringo.

Et, durant une seconde, fugitive, vertigineuse, Mateus Romeiro retrouva, en pleine chaleur, le souvenir de l'air frais de la nuit et la sensation du léger volume qu'avait rempli alors, dans le creux de sa main, ce mouchoir humide roulé en boule. Avant de rejoindre le centre du terrain vague et d'écouter à nouveau la voix pacifiante du Gringo, il entendit encore résonner dans sa mémoire un, deux, trois coups de feu, et revécut l'effondrement de ce corps qui était tombé à ses pieds. Et, quand il s'extirpa de sa torpeur, il sentit que la chaleur qui avait parcouru ses jambes était restée logée, étrangement, dans son bas-ventre.

— Je suis là pour me justifier. J'ai tué Carlinhos, parce qu'il le fallait, il devenait dangereux. Ce genre de chose ne se reproduira plus, Gringo, l'Organisation n'a rien à craindre. C'est en pensant à notre sécurité que je l'ai fait, cette fois-ci comme les autres fois. J'insiste : n'imagine pas une seule seconde que je ne tue que pour le plaisir.

Ces propos trouvent une certaine approbation dans le groupe. Le Gringo leur rappelle encore qu'il faut être prudent, et la réunion prend fin. Mateus Romeiro s'est tiré d'affaire. Il a réussi à éveiller dans le cœur de ses camarades un sentiment de solidarité bien particulier. Comme lui, tous ont ressenti, un jour ou l'autre, cette inquiétante sensation, devenue vitale maintenant : le plaisir de tuer.

Interview de Marlene Graça
II

Vous ne pourriez pas arrêter ce putain de magnéto ? Vous savez, c'est une tendance un peu bizarre, chez moi, mais je ne peux pas voir un machin comme ça en marche sans me mettre à parler. Et après je ne peux plus m'arrêter.

Aujourd'hui, quand je pense à Mateus Romeiro, je ne me souviens que des vacheries qu'il m'a faites. Mais bon, d'une certaine manière, c'est injuste de ma part. Ça lui arrivait de se conduire en parfait gentleman. Ça n'a pas été facile pour lui de me séduire... J'étais décidée à me montrer de plus en plus exigeante, à mesure que les années passaient. Bien qu'en fin de compte, je n'y aie pas vraiment réussi. Il a continué à m'envoyer des fleurs, rituellement, il a continué à m'attendre à la porte du théâtre, il a continué à m'appeler « mademoiselle Marlene », jusqu'à ce que je commence à en avoir marre d'attendre qu'il se déclare, au point de vouloir l'envoyer au diable, et que je me décide à lui dire encore une fois, d'une voix mielleuse « Appelez-moi Marlene ». Il s'est montré si délicat dans ses manœuvres d'approche — il utilisait mille détours pour réussir à séduire une femme aussi sollicitée — que j'ai fini par éprouver une certaine tendresse pour lui. J'avais déjà été amoureuse, je reconnaissais les symptômes. En plus, c'était flatteur de sortir avec cet homme-là, il était bien vu, je le voyais dans le regard des gens quand on entrait dans une boîte ou dans un restaurant de Copacabana. « Môsieur Mateus », lui disaient les portiers, les garçons, les patrons. Et il les regardait d'une telle façon, comment dire, comme s'il n'y avait aucun doute à avoir, comme pour leur faire comprendre clairement : c'est ma femme, vous avez intérêt à la respecter, compris ?

Vous voyez, aujourd'hui, je connais assez bien la vie pour être sûre que tout ça, c'était de la frime. Mais à cette époque, je ne savais rien. C'est pour ça qu'au début de ma relation avec Mateus Romeiro, c'était si important pour moi de me sentir considérée comme une grande dame. Je me souviens encore de la première fois qu'il m'a touchée, une semaine après le début de notre aventure. C'était la nuit, on était allé se balader dans la Floresta da Tijuca, il faisait très noir, et je fredonnais l'ouverture de mon show. Alors j'ai senti sa main qui serrait timidement la mienne, et j'ai frissonné, comme sous l'effet d'un pressentiment. Jusqu'à ce moment-là, il ne s'était jamais manifesté, mais je savais que ce geste, c'était une façon discrète de me rappeler qu'avec d'autres que lui, j'aurais déjà couché, je me serais déjà laissée aller. Alors, sans un mot, pour remercier Mateus Romeiro de m'avoir respectée, je me suis blottie contre lui, j'ai posé ma tête sur son épaule, et j'ai fait un pacte avec cet homme silencieux et discret : nous serions amants. Bien davantage, nous allions vivre un amour extraordinaire, je lui en faisais le serment solennel.

Mais c'est fou ce qu'on peut se tromper sur les autres, pas vrai ? Mateus Romeiro, en fait, c'était un névrosé, froid, calculateur, qui prenait ses désirs pour la réalité. J'étais en train de devenir une vedette, et il le savait. C'est pour ça qu'il voulait me voir à son bras, juste avant ma consécration. Et du coup, moi, j'allais me faire un maximum de cinoche. Mes copines qui étaient dans le spectacle avec moi me parlaient des autres femmes de sa vie : un long défilé de créatures en fin de course, au bord de l'hystérie, toutes autant les unes que les autres, plongées dans l'horreur et la décadence. Et à l'époque, bien sûr, je me refusais à croire qu'elles en étaient là à cause de lui. Bref, on faisait un beau couple, c'est ce que tout le monde disait — j'étais juste un peu plus grande que lui. On saisissait à pleines mains notre éternelle jeunesse, on l'exhibait sous leurs yeux, on déclenchait la jalousie partout où on passait. C'est la première faille que j'ai décélée dans le caractère de Mateus : il avait toujours besoin de s'exhiber, il n'en pouvait plus de joie quand quelqu'un nous regardait et, quand un homme montrait du désir pour moi, ça l'excitait. Mais quand j'ai pigé, j'étais déjà folle amoureuse de lui, et moi aussi, je sentais que ça chatouillait ma vanité de voir les femmes soupirer après lui, même si elles m'enviaient. Vous devez connaître, entre amants, ce jeu du chat et de la souris. Bon, eh ben, au final, je me suis laissé avoir : quinze jours après le début de notre histoire, on a commencé à habiter ensemble.

Note du rédacteur en chef : la personne interviewée a montré des réticences à s'exprimer à propos de sa vie amoureuse avec « le flic truand » Ça vaudrait la peine de relancer la question, et d'obtenir d'elle certains détails, lyrico-scabreux, dont les lecteurs raffolent. Par exemple, il faudrait lui demander si Mateus Romeiro avait des manies sexuelles.

Une grande partie de ma vie a été consacrée à des chambardements, des aménagements jamais terminés. Chez moi, par exemple, on a l'impression d'être dans un campement, sous une tente montée à l'improviste. Avec Mateus Romeiro, c'était pareil. Dans l'appartement qu'on avait loué rue Prado Jùnior, tout était fourré n'importe où et n'importe comment. Mes vêtements et les siens, mes petites babioles, ses armes, qu'il gardait toujours à portée de la main. Et au milieu de tout ce bordel, on essayait de poser les bases de notre amour, et tout ça allait devenir bien précaire, avec le temps. Moi, j'avais acquis une sorte d'aura, parce que j'étais la femme de Mateus Romeiro, j'étais une star de la nuit. Ça faisait des envieuses. À la boîte, je recevais sans arrêt des coups de fil de putes ou de femmes honorables maladivement jalouses. Et, en même temps, je me rendais compte que, selon les dires de mes copines du théâtre, ce statut était dégradant, et que d'autres petites pétasses, qu'il s'était tapées avant moi, avaient même été réduites à abandonner leur carrière. Alors, sentant le danger, j'ai voulu relever le défi. J'étais jeune, j'étais forte, j'avais la pêche, quoi.

Et je me suis mise à jouer les femmes fatales. Le producteur m'a mise en tête d'affiche pour le spectacle suivant. Même s'il voyait d'un sale œil les allées et venues de Mateus dans les coulisses, qui se comportait comme s'il était chez lui. Je portais chance... C'est ce qu'il disait aux autres candidats sélectionnés. Je serais la vedette de son spectacle, et de beaucoup d'autres. J'étais née pour briller. Mais, pendant les répétitions, j'ai commencé à voir que quelque chose ne tournait pas rond. Je n'étais déjà plus la même. On aurait dit qu'une partie de mon énergie s'était laissé aspirer par l'amour, vous voyez, et je ne pouvais plus me donner entièrement au théâtre, comme avant. Enfin, même comme ça, je restais brillante, à en croire les réactions du producteur. Peut-être que cet épuisement intérieur avait quelque chose à voir avec nos nuits agitées, à Mateus et moi.

Vous voulez savoir si c'était un bon amant ? Ben, heu, je peux dire que comme amant, il était plutôt imprévisible. Profondément narcissique. Il ne se souciait que de ses performances, et ça n'arrangeait certainement pas le truc. Bon, en tout cas, il y avait pour lui quelque chose d'essentiel, ça, je le sais : il tenait à marquer son style bien à lui quand il sortait avec une femme. Si vous débranchiez votre magnéto, je vous dirais que peu d'hommes m'ont fait l'amour de manière aussi ardente — je parle de baise, vous comprenez ? De l'acte lui-même. Et même là, je sentais la faille, une manière de masquer, comment dire ?... Un blocage. Toutes les fois qu'il s'acharnait sur moi, heu... assez violemment, je prenais conscience de l'atmosphère glauque engendrée par nos ébats désespérés. Mateus Romeiro, comme tous les surhommes, avait des problèmes d'impuissance, il sentait vaciller dangereusement les limites de sa virilité, et n'importe quelle femme en sa compagnie, même la plus idiote des putes, finirait bien par le constater. Sauf en étant folle amoureuse, comme je l'étais. J'avais fini par faire la connaissance de certains de ses amis, une bande de flics pas vraiment rassurants et tout aussi influents que lui. Et aussi de quelques journalistes, qui le couvraient de fleurs en échange de protections et de coups de piston, ce dont il n'avait nullement conscience, vu son degré de narcissisme. Il y en avait qui débarquaient à la maison, mais ils devaient se dire que c'était un vrai foutoir, cet espèce de campement tzigane où on vivait. Et ils ne revenaient pas. Les amis du théâtre m'avaient mise à l'écart, parce qu'ils flairaient, dans ma liaison avec Mateus Romeiro, une odeur de soufre qui ne leur disait rien de bon. Ils devaient craindre d'en subir les conséquences, eux aussi. Bref. Quand nos longues nuits s'achevaient, à la fermeture des bars, et après le départ des copains, on se retrouvait en général seuls tous les deux, et, au fil du temps, j'ai senti que ce n'était pas vraiment ça.

En plus, à force de percevoir des allusions, des gestes furtifs, des sourires, je commençais à me faire une idée de la vie que Mateus avait menée avant de me connaître. Il y avait un truc qui clochait, je le sentais bien, quelque chose de moche, d'immoral, qui associait les hommes de son groupe. Au commencement, je m'étais dit que c'était à force de ne s'occuper que de criminels, et que ça avait fini par déteindre sur eux. Plus tard, j'ai compris que non. Il y avait quelque chose de louche dans leurs rendez-vous secrets, dans les liens étranges qui les unissaient. Mais je n'étais pas curieuse, tout ça ne m'intéressait pas, je n'en avais que pour Mateus Romeiro. J'avais bien pigé qu'il serait inutile de nourrir des rêves de femme au foyer si je voulais vivre avec lui. Je veux dire qu'on n'aurait jamais de foyer, ni un rythme de vie routinier qui me permettrait de m'instruire — je commençais à m'intéresser à la lecture, je voulais me cultiver un peu et, avec lui, ça ne serait pas possible. Mais si c'était lui que je voulais vraiment, le reste perdait son importance, même ma carrière d'artiste, qu'avec l'insouciance de ma jeunesse, je pensais pouvoir reprendre à n'importe quel moment.

Je vous ai dit que ces hommes étaient liés par quelque chose de moche et d'immoral. Je l'ai compris pour la première fois le matin où l'un d'entre eux, Alcino, est venu chercher Mateus à la maison. On était en train de dormir, parce que, la veille, il n'était pas venu me chercher au théâtre et que je l'avais attendu toute la nuit, sans dormir, sur les nerfs. Et puis il était rentré, sans dire un mot, il avait retiré son revolver de sa ceinture, l'avait déchargé, et avait compté les balles : il en manquait trois. Il les avait remplacées, toujours sans dire un mot, et il avait rangé le revolver. Je n'avais posé aucune question, et Alcino avait sonné à la porte.

Le reporter insiste : est-ce que ça ne se serait passé justement la nuit où Mateus aurait commis l'un des crimes dont il est accusé ? Elle n'aurait pas compris ça, elle, d'une certaine manière, en le voyant arriver et accomplir tout ce rituel ? Marlene Graça répond que non. Bon, son ex-amant était flic, d'accord, mais elle ne s'était jamais mêlée de ses affaires.

J'ai réveillé Mateus, après avoir ouvert la porte. Il a salué Alcino, il était de mauvais poil. Alcino lui a dit : « Le Gringo veut te voir ». Le Gringo... Un type glacial, qui m'avait collé une mauvaise impression quand Mateus me l'avait présenté, et qui m'avait dévisagée avec un tel mépris que, si je n'avais pas été morte de trouille, je lui aurais tout de suite déclaré ma haine. Mateus aussi, même s'il crânait, avait bien l'air de le craindre. Je les ai laissés dans le salon et j'ai regagné la chambre, d'où j'ai épié la conversation. Mateus accusait le Gringo de vouloir le coincer, à propos d'un truc quelconque, et Alcino s'acharnait à lui faire comprendre qu'il valait mieux ne pas tenir tête à l'autre. Après ça, ils sont sortis tous les deux, et j'ai essayé de dormir un peu.

Je n'ai revu Mateus que le soir, il était moins nerveux, et j'ai pensé que son problème, quel qu'il soit, était réglé. Ce soir-là, il a bu plus que d'habitude en m'attendant, et à la sortie du théâtre, il a été brutal et grossier avec moi, mais ce n'était rien à côté de ce qu'il allait me faire subir les mois suivants. J'ai laissé faire, parce que je savais qu'il avait passé une sale journée. La gueule de ce Gringo était menaçante et je pensais que son rendez-vous du matin avec Mateus n'avait pas dû être une partie de plaisir. Je lui ai donné mon amour ce soir-là, malgré tout, comme toujours, et je l'ai endormi comme un enfant.

De toute façon, on avait l'avenir devant nous. Ça faisait cinq mois qu'on était ensemble, le nouveau spectacle était à l'affiche, mais il avait moins de succès que le précédent. Et j'hésitais encore entre des tournages, tous sans intérêt, et l'éventualité, qui se profilait vaguement à l'horizon, de m'engager plus sérieusement dans le théâtre, pour faire évoluer ma carrière. La lecture, ce serait pour plus tard, j'aurais bien d'autres occasions. Le plus urgent, c'était de me dévouer entièrement à cet homme encombré de problèmes. Et, bien que je ne m'en rende pas compte, ma carrière, qui m'avait fait tellement rêver, commençait à battre de l'aile. C'est un ami de Mateus, un journaliste, Aguinaldo Ribeiro, qui a vu venir les choses, avant moi. Alors, il a annoncé qu'il voulait faire un grand reportage sur moi, pour tenter de faire paraître mon nom, à nouveau, en première page dans la presse. Quelle gourde ! J'ai accepté. Le reportage, à l'origine, c'était pour moi. Mais Aguinaldo Ribeiro l'avait rédigé de telle manière que tous les honneurs revenaient à Mateus Romeiro. Je me souviens encore du titre : « J'aime mon héros », vous voyez le genre.

Oui, il était insaisissable, mystérieux. Mais en même temps, il était à moi et, bordel de merde, il était en train de me filer entre les doigts. Avec mes dix-neuf ans, je ne le comprenais pas vraiment, mais la vie est une suite d'occasions ratées, et on commençait à se laisser encroûter par les frustrations. Et je commençais à en rater, des occasions. Pendant quatre mois, la salle était pleine — de spectateurs qui réagissaient plutôt froidement — et puis le spectacle a été retiré de l'affiche. Je me suis retrouvée sans boulot pour la première fois en un an, enfin presque un an. Avec un homme qui essayait de me prendre tout mon temps. Insaisissable, mystérieux, je vous l'ai dit. Il s'arrangeait en fait pour que je ne puisse plus trouver aucune occupation en dehors de lui. J'étais bien partie pour être la femme de Mateus Romeiro, titre qui, concrètement, n'avait rien de gratifiant. Et en plus, si je me contentais de ça, il finirait par me quitter, vu que sans célébrité, sans prestige, je perdrais tout crédit à ses yeux. Mais j'étais jeune à ce moment-là, je vous l'ai dit. Comment me faire à l'idée que j'étais en train de me laisser prendre à son petit jeu ?

C'est quand je suis tombée enceinte que j'ai pris conscience de la situation. J'avais déjà avorté une fois, quand je m'étais barrée de Santana, et ça ne m'avait pas fait grand-chose. Mais là, cette grossesse, ça a été un boulet pour moi. Si j'avais pu, je m'en serais bien débarrassée. Impossible. Je n'ai pas résisté à la tentation de le dire à Mateus, et il a décidé qu'on garderait le môme. Plus de boulot, et enceinte. J'avais dix-neuf ans, et je fonçais droit dans le mur. Mais, pour tout compenser, je croyais vivre ce qu'on appelle le grand amour. Le temps allait, pour mon malheur, transformer les enjeux. Et, cette fois, j'allais perdre.

Lettre d'Eloina

(...) à tous les coups, tu dois te demander qui est cette dingue qui s'adresse à toi sur un tout autre ton que celui auquel tu es habituée, toi qui n'as jamais reçu que des lettres de fans... C'est une grande folle, ma chère. Et ce qu'elle a à te dire n'a rien de drôle. Marlene Graça, tu es finie, marquée à vie. Tu portes sur toi les cicatrices que Mateus Romeiro t'a laissées. Moi aussi. Si tu ne le savais pas, je te l'apprends. Sauf qu'en plus, à toi, il t'a fait un enfant, c'est ça la différence. Si je t'écris aujourd'hui, maintenant qu'il t'a plaquée, qu'il est en cavale, c'est parce qu'il est temps que quelqu'un t'apprenne ce que vaut ce type à qui tu as tout sacrifié pendant deux ans, et pour qui tu as compromis ta réputation au point que tu auras du mal à refaire ta vie, maintenant qu'il n'est plus là. Qui je suis ? Tu ne me connais pas, non, tu n'as jamais entendu parler de moi, à moins que ton ex-amant n'ait prononcé mon nom devant toi, ce qui m'étonnerait : il ne parle jamais des gens qu'il assassine, et moi, d'une certaine manière, on peut dire qu'il m'a assassinée, une nuit de 1971, dans une chambre d'hôtel du Catete. C'est là qu'il m'a arraché mon homme, pour l'emmener au bord d'une route. Tu sais ce que ça veut dire, « emmener quelqu'un au bord d'une route », Marlene ?

Est-ce que tu savais, bien des fois, la nuit, quand il rentrait pour se glisser entre tes draps, que Mateus Romeiro venait d'abandonner un cadavre sur le bord d'une route ?

Je m'appelle Eloina. Je me terre en secret dans un trou paumé, pour que Mateus, à l'heure qu'il est, ne se souvienne surtout pas de mon existence. Cette lettre, je la confierai à un chauffeur de camion, avec un peu de fric, en exigeant qu'il me jure de ne la poster qu'en arrivant à Rio, pour que tu ne saches pas où me trouver. Qui sait si, demain, tu ne retomberas pas dans les bras de Mateus Romeiro ? Après tout, vous avez un gosse. Mais je tenais à te parler de moi, figure-toi. Pendant deux ans, j'ai collectionné toutes les coupures de journaux qui parlaient de toi, je n'ai pas raté un seul article retraçant le déclin de ta charmante carrière. Et je savais qu'une série de tuiles te tombaient dessus à cause de ton amant, parce qu'il pourrit tout ce qu'il touche. Ses sentiments sont pourris, ce type est toxique. J'ai prié, pendant ces deux années, pour que tu réussisses à lui échapper avant qu'il ne t'anéantisse. Et j'ai été exaucée, d'un certain point de vue, quand j'ai appris qu'on l'avait enfin démasqué, ce déchet. Que sur la liste de ses crimes, figurait l'exécution de Carlinhos, mon amant. Mais, dans les journaux d'hier, il y avait une nouvelle toute fraîche. Le voilà en cavale au Paraguay. Alors j'ai décidé de t'écrire, de tout te raconter, de cracher sur le papier cette histoire si horrible qu'elle me prend à la gorge.

J'ai bossé pour Mateus Romeiro. Tu te souviens du coup des travellers ? Nous, les putes et les travelos, on plumait les touristes, on les entraînait dans des chambres d'hôtel sordides, on leur piquait leurs papiers et leurs chèques. On remettait ça à Mateus Romeiro pour que quelqu'un falsifie les signatures. Ça paraît en toutes lettres dans les comptes rendus de procès. Mais je veux pas parler de ça. Moi aussi, j'ai commis quelques délits insignifiants, bien sûr, parce que j'étais toujours rejetée et que, pour me faire une petite place au soleil, j'essayais de soutirer ce que je pouvais aux autres. Je veux parler de la mort de Carlinhos. C'est moi qui lui ai fait connaître Mateus Romeiro. À l'époque, on vivait dans une chambre, rue Taylor, à la Lapa. Je le connaissais depuis deux ans, on s'était mis ensemble pour fuir la solitude. Au bout de deux ans, on est devenu plus que des amants : on était frères. On se rendait des services l'un à l'autre. Quand on dit ça comme ça, ça a l'air con, mais pour des gens comme nous, seuls à en crever, c'est essentiel. Tu seras certainement étonnée du décalage entre mon genre de vie et la façon dont je m'exprime. C'est facile à comprendre : quand j'ai quitté mes vieux, j'allais entrer en seconde, et j'ai claqué la porte parce qu'on ne voulait pas d'un homosexuel dans ma famille. Bien. De magouille en magouille, j'ai fini par faire le travesti au cabaret Casanova, pendant que Carlinhos extorquait du fric à des vieilles pédales pleines aux as. C'est là qu'une bonne femme m'a proposé le coup des travellers. J'étais plutôt hésitante. Et puis, elle m'a appris que le chef de la bande, c'était Mateus Romeiro, un flic que je connaissais de nom et qui me faisait peur. Je me suis dit alors : « Si lui, il fait ça, pourquoi pas moi ? » On a fixé un rendez-vous, et j'ai été présentée à ce salopard. Tu ne me croiras peut-être pas, mais cette nuit-là, il m'a baisée.

Tu sais, une grande folle dans la mouise, c'est capable de tout. Donc, en peu de temps, je suis devenue une des recrues les plus efficaces, et j'ai acquis un certain prestige auprès de Mateus Romeiro. Il m'a bourré le cul plus d'une fois, ma chère. De ce côté-là, crois-moi, il s'est pas privé. Et comme ça, un jour, je lui ai dit : « Dites, monsieur Mateus — on l'appelait toutes "monsieur", on n'avait pas le choix —, j'ai un copain dans la dèche, il lui faudrait un petit job, n'importe quoi. Il a répondu que le coup des travellers, avec les hommes, ça marchait pas, mais qu'il avait quelque chose de mieux. Et il a ajouté que Carlinhos n'avait qu'à venir le retrouver, quelques jours plus tard, dans un bar de la rue Prada Junior. C'était là qu'il donnait ses rendez-vous, tu te souviens ? C'est comme ça que tout a commencé. On était mal barré, et loin de se douter de la fin tragique qui nous attendait.

Le boulot qu'il proposait à Carlinhos était dangereux et je lui ai conseillé de refuser. Mais il ne voulait pas qu'on le traite de froussard. Il s'agissait de convoyer des voitures — volées à Rio — jusqu'au Mato Grosso, et de revenir avec de la coke. Deux jours après le premier rendez-vous, Carlinhos partait déjà avec la première voiture, et là commence la séquence qui, de toute évidence, ne pouvait que mal finir. Je lui demandais sans arrêt d'arrêter ce boulot, mais comment faire ? Mateus Romeiro payait très correctement et il était attachant. Il donnait l'impression à tous ceux qui travaillaient pour lui d'être leur protecteur et de bien les aimer. Sa voix tiède, qui susurrait, tu te souviens ? Et ces mains douces comme de la soie, et ce regard gris et froid... Aujourd'hui encore, quand je pense à lui, je me sens partagée entre attraction et répulsion. Si tu ne l'aimais plus, toi, tu ressentirais la même chose.

(...) oui, allez, je vais satisfaire ta curiosité. Presque toutes les fois qu'il m'a sautée, il était saoul. C'est à cette période que j'ai commencé à associer le sexe et les perversions à l'odeur de l'alcool. Il s'acharnait sur moi avec brutalité, et me soufflait sa mauvaise haleine dans la figure. C'était atroce, mais en même temps agréablement morbide, de le sentir sur moi au bord de l'orgasme au prix d'efforts incroyables. Ces nuits-là, il me semblait terriblement dangereux, je me sentais près de la mort quand j'étais dans ses bras. Tu vois ce que je veux dire ? J'avais toujours l'impression que j'allais y laisser ma peau, d'un instant à l'autre, qu'il me tuerait à force de me broyer dans ses bras, et qu'il partirait en me laissant prostrée, exsangue. J'ai toujours imaginé ça dans les moments où il avait des réactions brusques, inattendues, quand il était au bord du malaise et que moi je me débattais, seule avec ma trouille. Je me souviens qu'un jour, dans l'appartement à moitié vide où il m'avait emmenée, il m'a prise contre un bahut en bois sculpté. Je me suis assise sur le bord du meuble, J'ai agrippé son dos avec mes jambes et il m'a mordue au bras jusqu'à ce qu'il sente dans sa bouche le goût du sang. Moi, je rugissais. Je gémissais de douleur, en sentant dans mon dos les aspérités du meuble sculpté qui m'écorchaient la peau pendant qu'il me pénétrait. Mateus Romeiro m'a toujours donné l'impression qu'il se poussait à bout quand on baisait. Il s'y donnait tout entier, comme si c'était pour la dernière fois, et en même temps, à chaque fois il se retirait insatisfait. Un jour, il m'a dit : « C'est comme ça parce que tu es homo. Avec les femmes, c'est pas pareil. » Il a dit ça, pendant qu'après tant d'efforts, je regardais son sexe, d'un air désolé pour lui. Il a dit ça, et je me suis tue. J'ai fermé les yeux et j'ai respiré à fond. Je savais que c'était un mensonge, mais il n'était pas question de contredire cette machine à tuer. Non, Marlene Graça, ne pense pas du haut de ton orgueil qu'il a été meilleur avec toi, qu'avec toi il a baisé avec moins de désespoir. Parce que moi, j'ai compris : Mateus Romeiro ne prend son pied qu'avec la mort.

(...) progressivement, j'ai pris conscience de ce qui me faisait flipper encore plus que le reste. Ce n'était pas Mateus Romeiro qui dirigeait vraiment tout ça, comme le prétendaient les femmes. Derrière lui, il y avait quelqu'un d'autre, ou quelque chose d'autre, de trop compliqué à saisir exactement. Ça m'affolait. Je surprenais des conversations, je mémorisais des phrases entières, j'avais quelquefois l'impression de résoudre un casse-tête et puis, tout de suite après, je prenais conscience de mon erreur : il fallait tout reprendre à zéro. Pourtant, j'étais certaine que nous n'étions pas les seuls, nous les putes et les travestis, à être impliqués dans cette histoire. Il y avait aussi des flics, des journalistes, des avocats, des commerçants, des gens que la presse présente comme respectables, et qui changeraient de trottoir à coup sûr s'ils nous croisaient dans la rue. Est-ce qu'on ne pourrait pas dire, par hasard, que le crime annule ces différences ? Il faut croire que non. Nous, nous étions toujours les proscrits, les persécutés, et je savais qu'un jour, s'il le fallait, on nous le ferait payer. La dénonciation soudaine des forfaits de Mateus Romeiro n'implique pas nécessairement un châtiment. Je crois que ses complices vont réussir à le tirer du pétrin par un moyen ou un autre. Je pense même qu'il s'agit seulement d'un enrayement imprévu du mécanisme, mais que cet incident sera vite résolu.

Oui, la situation évoluait, c'était inévitable, n'est-ce pas ? Carlinhos et moi, on n'habitait déjà plus le même hôtel, on dépensait plus de pognon que ce qu'on aurait jamais pu imaginer pouvoir dépenser dans toute notre vie, mais on gardait toujours la sensation d'être nés pour payer. Alors que tous les autres, pendant ce temps-là, ceux qui empochaient le gros pactole sur chaque opération, gardaient leur respectabilité vis-à-vis des lecteurs de quotidiens où leurs noms étaient étalés, accompagnés d'épithètes élogieux. Comme par exemple le nom de Mateus, toujours collé au tien, d'ailleurs. Ça, je l'avais compris, et j'essayais de le faire comprendre à Carlinhos qui ne voulait rien entendre. Il se sentait fier en quelque sorte de bosser pour cette organisation. Dans son esprit, ça restait une aventure, et le danger qui le guettait, il ne le voyait pas, il ne voulait pas le voir.

Et puis, ils ont commencé à liquider les premiers gêneurs. Je me souviens que deux d'entre eux, Jonas et Oldair, des amis à nous, avaient fait plusieurs voyages avec Carlinhos. Mais lui, il pensait que leur mort ne résultait que d'un concours de circonstances. Même quand la femme de Jonas m'a confié que c'était Mateus qui les avait tués, Carlinhos n'a pas voulu le croire. Deux jours plus tard, elle se « jetait » du quatrième étage d'un hôtel, place Tiradentes. Et en même temps, on se laissait absorber par la routine du quotidien : il fallait bien bosser pour survivre. Et bien que je fusse persuadée que je devais le convaincre de tout lâcher, de se tirer de là tous les deux, je finissais toujours par remettre cette question au lendemain. Et Carlinhos repartait au volant d'une bagnole volée vers le Mato Grosso, et, quand il revenait avec les livraisons de cocaïne, ou les ampoules d'Anorexil, de Pervitin, c'était pour repartir aussitôt avec une nouvelle bagnole à déposer ailleurs. Et Mateus Romeiro, avec son éternelle voix tiédasse, continuait à nous piéger, me faisant des promesses avec ce regard caressant que je cherchais vainement à éviter. Il faisait irruption au cabaret Casanova où je chantais *El dia que me quieras* dans une robe de sirène et me balançait une de ses célèbres œillades.

Encore des promesses, toujours des promesses... Lui, au moins, il promettait des choses, je dois le reconnaître. Tu vois, c'est la haine qui m'a poussée à commencer cette lettre, et, déjà, je me laisse aller à la nostalgie. En fait, il nous laissait entendre que nous étions destinés à une mort violente, et nous voulions l'ignorer. Nous étions acculés, en porte-à-faux entre l'organisation et le monde. Et tout ça, je l'ai compris bien plus tard. C'est complexe à comprendre : en fait, l'organisation et le monde ne font qu'un, et l'organisation exploite abusivement cet état de choses.

Grâce à ses hauts faits, Mateus Romeiro était en train de devenir une célébrité nationale. On ne parlait que de lui dans la presse. Dans les magazines, son regard gris dominait le monde. Et il a décidé de vivre avec toi, n'est-ce pas ? Tu étais une actrice de talent, une notoriété, comme lui. Ça tombait à pic. Pendant ce temps-là, nous, on se rongeait les sangs en entendant parler de ses crimes.

Un jour, quand j'ai retrouvé Carlinhos, il était complètement affolé, et il m'a dit qu'on ne pouvait plus vivre ensemble, qu'il était recherché par la police de Sao Paulo. Une histoire de drogue assez confuse, qu'il ne m'a jamais vraiment racontée. Il avait dû se tirer vite fait d'un hôtel au petit matin. Il avait dû escalader les fenêtres pour échapper à ses poursuivants et se retrouver dans la rue. Le nœud commençait à se resserrer, je le sentais. Les enquêtes sur les vols de travellers avaient déjà été entamées et, par conséquent, la justice allait débouler. En accusant ouvertement pour la première fois Mateus Romeiro, qui venait d'être mis sur la liste des coupables. Carlinhos a déménagé alors dans un hôtel du Catete, où j'allais seulement en visite de temps en temps. Au même moment ou presque, la presse a commencé à parler de « délestage ». On trouvait des cadavres abandonnés dans la nature, ou qui refaisaient surface sur le Rio Guandu, et toujours avec les mêmes signes : marques de menottes aux poignets, fil de nylon autour du cou et, dans la poitrine, des trous, comme on en fait dans la terre pour faire pousser des pissenlits, causés par des balles de calibre 45.

Pendant les derniers jours de sa vie, je ne pouvais joindre Carlinhos que par lettre. Notre passé nous semblait enterré à jamais. Fini la grande folle en galère et le racketteur de pédés sur le retour. Sans s'en rendre compte, on s'était fait piéger, et cette mafia était sur le point, dans de très brefs délais, de nous éliminer, comme elle le faisait de tous ces pauvres diables « délestés ». Tu te rappelles, Marlene ? La presse savait que les tueurs étaient des flics. Mais ils n'ont jamais publié une seule ligne sur le mobile de ces assassinats. Et ils poussaient le lecteur à croire que si la police tuait des malfaiteurs, c'était pour le bien de tous. Ah, ma chérie, on peut dire qu'elle est belle, la vérité des journalistes ! Dans mes lettres, je suppliais Carlinhos de tout larguer, de s'enfuir pendant qu'il était encore temps. J'en savais trop, j'avais surpris des messes basses au cabaret, je lisais le désespoir sur le visage des femmes dont les types travaillaient pour Mateus Romeiro. Ce n'était pas difficile d'y percevoir que quelque chose clochait, des affaires poisseuses qu'on ne pouvait pas comprendre, mais dans lesquelles nous étions irrémédiablement englués.

Et tout ça pour des prunes. Un matin, très tôt, Mateus a débarqué dans le cabaret et il ne m'a même pas adressé un regard. C'était un premier avertissement. Après quoi Carlinhos a dû convoyer une bagnole vers Sao Paulo et il est resté là-bas un bon bout de temps. C'est le moment où nous avons échangé nos derniers petits messages, on se jurait des tas de choses et on se faisait des promesses que, comme toujours, nous ne pourrions pas tenir. Marlene Graça, est-ce qu'il t'est déjà arrivé, au moins une fois, de pressentir la mort d'un être cher, et pire encore, d'avoir la conviction que tu ne pourrais rien pour l'empêcher ? Moi, j'ai même pressenti le jour et l'heure exacte à laquelle Carlinhos allait mourir. Je le sentais, quelque chose en moi me le disait. Il est mort, tout est consommé. Ce jour-là, quand je suis allée le voir, je le savais. Je savais même plus : Mateus lui-même l'avait tué, il n'aurait laissé ça à personne, puisque nous étions sous son contrôle.

J'ai su alors que j'allais y passer aussi si je ne me trouvais pas une planque, bien loin, et sans laisser la moindre trace. J'ai placé une infranchissable distance entre moi et cette mort qui me guette, une distance qui s'évalue en nuits d'insomnie, en valises bouclées à toute vitesse, en cavales d'hôtel en hôtel, d'une ville à l'autre, d'un bus à l'autre. Avec, constamment, des frissons dus à la peur ou à l'angoisse de la solitude. Pour la simple raison qu'aujourd'hui, toute personne qui m'aborde pourrait être la mort prenant le masque de l'amitié. J'ai mis des kilomètres, et tant de villes, entre cette mort fatale et moi... Et pourtant, là où je suis, je perçois que ce n'est qu'un sursis — et si Mateus Romeiro est menacé, je le suis aussi.

Mais toi, Marlene Graça, tu dois être au courant de certaines choses : pendant deux ans, il t'a touchée, il t'a pelotée avec ses mains de velours, et, certaines nuits, sur ces mains qui te caressaient, il devait y avoir encore des traces de sang. Comment as-tu fait pour rester si indifférente à ça, comment as-tu réussi à faire abstraction de tant d'évidences, de tous ces signes qui ne trompent pas, de ces phrases chuchotées, de ces visites impromptues à des heures incongrues, de ces départs précipités ? Comment as-tu fait pour ne pas établir un lien entre les comportements mystérieux de ton amant et toutes ces morts qui le perturbaient ?

(...) aujourd'hui, tout cela semble évident : le mécanisme s'est brusquement enrayé, comme je l'ai dit, et Mateus Romeiro s'est fait prendre. Toi, tu ne vis plus avec lui depuis déjà un bon bout de temps, mais tu as ce môme qu'il t'a fait. Et ta carrière d'actrice m'a tout l'air d'être sur le déclin, on peut dire que tous les rôles te passent sous le nez. Ça doit te filer une sacrée déprime. J'aimerais ajouter à la liste des tendres souvenirs que tu as de ton histoire avec Mateus Romeiro quelques-uns des miens. Songe, Marlene, à un homme qu'on assassine au bord d'une route. Imagine les appels terribles de détresse qui doivent agiter son âme, les cris d'alarme que l'on doit percevoir dans son regard. Maintenant, entends les coups de feu, un, deux, trois, et regarde bien comment le corps d'un homme bascule sous l'impact de ces balles. Approche-toi, pour mieux voir : le sang jaillit des blessures, et l'homme ne sent certainement rien, ça va si vite, la mort arrive en un rien de temps, et puis c'est le néant. Penses-y : voilà comment Mateus Romeiro et Carlinhos hantent mes rêves.

Ton Mateus, il est allé en prison et il a réussi à s'enfuir, c'est ça, n'est-ce pas ? Ses petits copains l'ont aidé à faire la belle. Et la petite panne dans le mécanisme a vite été réparée, il a suffi de faire paraître un petit fait divers dans la presse. Mateus Romeiro est au Paraguay, et moi je suis ici, Marlene Graça. J'espère que toi, tu vas en tirer une leçon : tous ces meurtres, tu as voulu délibérément les ignorer, parce que ça te filait la trouille, tu as préféré ne rien savoir, juste pour ne pas déranger ta petite existence tranquille de vieille actrice à la noix. Pendant deux ans, j'ai attendu le moment de t'écrire. Voilà, il est arrivé. Tu seras sûrement convoquée à la barre des témoins, et tu diras ce qu'ils attendent tous : que tu ne savais rien, que tu n'as jamais rien vu, ni entendu. Mais ça, Marlene, ça ne suffira pas, c'est certain, pour éteindre tes remords.

Aguinaldo Ribeiro, seul

II

Novembre envahit leur vie — c'est une lave brûlante. Anéantis, ils attendent la tombée du jour, dans l'espoir qu'une brise, si légère soit-elle, se lève. Ils affrontent les heures les plus dures de la journée en se protégeant sous la misérable armure de leurs plaintes ou de leurs imprécations, et le soir venu, ils se précipitent, alanguis, impuissants, dans le chaudron de la nuit. Ce n'est pas encore l'été, mais la nature est suspendue à l'attente de son arrivée ; les arbres figés semblent flotter dans une masse d'air chaud, et sur le flanc des collines, on voit soudain s'élever des flammèches — la végétation prend feu. La ville entière est plongée dans une extraordinaire torpeur. Les hommes, plissant le front, serrant les lèvres, accomplissent leur tâche comme s'il s'agissait du plus pénible des sacrifices. L'été ne fait que s'annoncer. Et comme toujours, la ville n'est pas prête à l'affronter.

C'est à cette chaleur qu'Aguinaldo Ribeiro tente en vain d'échapper en se penchant à la fenêtre. En bas, les voitures défilent à la queue leu leu, phares allumés. À l'angle de la rue, le feu change de couleur à tout instant, et dès qu'il passe au rouge, la légion des piétons amassés au bord du trottoir se précipite pour traverser. Aguinaldo surplombe du regard cette agitation, sereinement, sans rien voir vraiment, ses pensées vagabondent, s'immergent dans les émanations de chaleur, il se sent presque mort. Derrière lui, la grande pièce de son appartement vide. Encombré de meubles, mais vide depuis que son épouse et ses deux enfants l'ont quitté. Six mois auparavant, la femme avait réussi enfin à se libérer de son emprise, à se révolter contre sa tyrannie, et à lui annoncer avec détermination : « Je m'en vais. Je ne reviendrai plus jamais. » Comment lutter contre cette décision, comment la retenir, alors qu'elle lui échappait de fait depuis longtemps, qu'ils ne faisaient plus que partager le même toit, se supportant plus qu'autre chose, déplorant de s'être un jour rencontrés, pendant que leurs deux enfants, apathiques, se trouvaient les témoins forcés de cette tragédie sans paroles ?

« Je l'ai aimée », se dit-il, et il tente de remettre un peu d'ordre dans ses pensées en agitant mollement ses bras dans la masse sirupeuse de cette atmosphère de novembre. Mais, l'amour — comme le dit ce comédien dans une chanson populaire —, l'amour, c'est ridicule, ou, si l'on préfère, c'est l'obstacle sur lequel on se cogne et qu'on essaye d'éviter en faisant souffrir ceux qu'on aime, en les blessant profondément, mortellement même, si possible. Et voilà pourquoi il l'avait piétinée, cette femme, humiliée à coups de négligences, d'abandons, pour qu'elle finisse par constater à quel point il était indigne et faible et comment il s'était laissé emporter par une ambition qui avait détruit ses rêves les plus beaux. Il avait dressé entre eux une barrière de silence et de questionnements, une barrière si élevée qu'à la fin, il ne pouvait même plus toucher cette femme. Et imperceptiblement, il avait vu apparaître, dans ses gestes à elle, les mêmes colorations que celles qu'il sentait naître en lui. Jusqu'au jour où ils s'étaient réveillés et avaient constaté dans leurs regards qu'ils n'étaient plus que deux étrangers l'un pour l'autre.

Et maintenant, au cœur de ce mois de novembre, le voici tout seul, livré à ses cauchemars. Il vient de s'acquitter, il y a deux jours, d'une des tâches que Mateus Romeiro continue à lui imposer dans ses lettres. Depuis un certain temps, il doit, avec l'aide d'Arnobio, veiller à préserver, auprès de ceux que Mateus protégeait ou combattait du temps de sa splendeur, la réputation de celui-ci. L'ordre est venu de Santa Fé, en Argentine, où Mateus se planque depuis quelques jours, après avoir franchi, grâce à des faux papiers portant le nom de Roberto Rodriguez, la frontière du Paraguay. La missive relate ses dernières aventures, et il y est question d'une certaine Regina, fille d'ambassadeur. Ça se termine par une sollicitation devenue un peu trop fréquente ces derniers temps : Mateus Romeiro n'a plus une tune.

Parmi tous ceux à qui il peut se permettre de faire appel, il y a certains noms qu'Aguinaldo Ribeiro préfèrerait ne pas prononcer. Des personnalités liées à l'organisation et trop puissantes pour être citées. À ceux-là, Mateus ne s'adresse jamais qu'en tout dernier recours. Il compte plutôt sur un geste de solidarité de la part de marginaux sans valeur, des revendeurs de billets pour le *jogo do bicho*, ou des dealers qu'il fréquente depuis longtemps, du temps où il n'était encore qu'un flic. Cette fois, il a jeté son dévolu sur le Gros Felipe, un revendeur de billets qui magouille en banlieue et qui, grâce à lui, a plus d'une fois échappé à une condamnation pour flagrant délit.

Aguinaldo lui aussi jouit d'un certain prestige auprès du Gros Felipe, grâce à ses reportages sur la pègre, que son canard publie toujours pour soutirer un peu de fric aux grosses légumes qui organisent ces loteries. Dans ces articles, il a systématiquement évité de faire allusion aux points de vente stratégiques du Gros Felipe. En fait, la tactique est très simple : après deux ou trois reportages sur ce sujet, les dessous-de-table pleuvent, pour stopper les dénonciations.

Deux jours auparavant, au volant d'une voiture de fonction, étouffant de chaleur, il s'était rendu dans un coin de banlieue, au lieu de rendez-vous pris par téléphone avec le Gros. En descendant de la voiture, il s'était retrouvé sous un soleil de plomb se réverbérant avec une telle intensité que les angles de la place n'étaient plus visibles. Enfin, il s'agissait plutôt d'un terre-plein, dénommé « place », bien que rien ne l'indiquât, sinon sa situation au centre de quatre blocs massifs d'habitations bon marché, aux portes et fenêtres standardisées. À l'un des angles, se situait une espèce de bar — comportant deux entrées ouvrant sur une caverne obscure, débouchant elle-même sur un comptoir dégueulasse. Il s'était dirigé vers cet endroit, sachant qu'il y trouverait des hommes qui cherchaient à se protéger de la moiteur et de l'opacité de l'atmosphère. Et que l'un d'entre eux, dit le Gros, serait là, fidèle au poste. Il était entré, avait attendu quelques secondes que son regard s'accoutume à la pénombre. Des émanations de chaleur humide pénétraient le lieu, par bouffées régulières, et envahissaient de leur odeur d'égout la pénombre du bar. Il avait repéré l'homme qu'il espérait trouver là, attablé, entouré de trois autres individus debout derrière lui. Il s'était approché et l'avait salué.

— Quelle chaleur, hein, Felipe...

— Tu parles... Putain... avait-il répondu sans lever son regard perdu dans le vague, balayant la surface grasse et crasseuse de la table.

— Une bière, avait-il demandé en épongeant avec un

mouchoir la sueur sur son front. Il s'était dit alors qu'il fallait jouer serré, qu'en tout cas, il se trouvait dans une situation peu banale et pas très enviable. Il suffirait d'un faux pas pour qu'il se retrouve dans de sales draps.

L'homme assis avait fait un signe au garçon de café qui somnolait derrière le zinc et qui, d'un coup de talon, avait ouvert le frigo pour en sortir une bouteille. Qu'il avait apportée furtivement et qu'il avait décapsulée et posée sur la table avec un verre. Puis, il était reparti sans avoir adressé le moindre regard au nouvel arrivant.

— Mateus Romeiro te transmet son meilleur souvenir, avait alors dit le journaliste. Et, pour toute réponse, le type avait laissé échapper un soupir brusque, accompagné d'un sifflement.

— Ça va mal pour lui, hein ? Pour nous aussi.

Le Gros se mit à jouer son éternel refrain : chaque semaine, il recevait un flic qui venait ramasser le pognon de la cagnotte. De plus, il risquait à tout bout de champ de perdre un de ses points de vente, ou de se faire racketter par d'autres flics qui, eux aussi, exigeaient un petit extra. Ce que Mateus Romeiro lui demandait là, c'était une faveur, un geste de solidarité pour donner un petit coup de pouce à son destin. Il avait protégé les vendeurs de billets ou les avait exploités, ou les deux à la fois, et ce, très fréquemment. Le Gros Felipe était l'un de ceux qu'il avait couverts.

— Tu te défiles, hein, Felipe ? Mateus a toujours été chic avec toi.

— Je ne me défile pas du tout, Aguinaldo. Je t'ai juste exposé la situation qui n'est pas bonne en ce moment. Lui, il a la police aux fesses, nous, elle nous presse comme des citrons. Tu vois ce que je veux dire ?

Il était deux heures de l'après-midi, c'était l'enfer. Aguinaldo avalait lentement, en la savourant, sa bière qui, à chaque gorgée, devenait plus tiède. Des vapeurs moites et denses enveloppaient le verre, l'enserrant comme des tentacules prêts à le soulever et à le faire flotter dans l'air.

— Tu sais bien qu'il est dans la merde. Il a besoin que ses potes lui filent un coup de main. J'en fais partie. Mateus estime que toi aussi. C'est pour ça qu'il m'envoie.

Et le Gros, qui n'avait toujours pas levé son regard, s'était mis à jouer distraitement avec les bords d'un chapeau posé sur la table. De larges auréoles de sueur tachaient ses vêtements blancs, ce qui, visiblement, l'incommodait. Un de ses pieds, immense, qu'il agitait nerveusement, dépassait de dessous la table. Aguinaldo savait quelle tactique adopter pour le faire céder : il fallait tout simplement opposer l'indifférence à cette apparente hostilité. Le type ne pourrait qu'accepter d'aider Mateus, si sa dignité ne s'en trouvait pas affectée, ni son pouvoir diminué. C'est la peur qui l'engagerait à faire le geste, mais il s'arrangerait pour que cela prenne plutôt l'apparence d'une offre venant de lui, généreuse, spontanée. Qui sait ce qui pourrait arriver ? Il faisait certainement ses petits calculs dans sa tête. Mateus pourrait aussi bien être acquitté.

— Il lui faut combien ?

Impassibles, les trois hommes debout demeuraient immobiles, l'air lointain. Aguinaldo, sans sourciller, avait alors annoncé la couleur :

— Vingt-cinq mille cruzeiros. (Mateus en avait demandé vingt, mais il avait, lui aussi, besoin d'un peu de liquide.)

— Tu veux retirer le pain de la bouche à mes mômes ?

— Enfin ! Felipe !

Pour la première fois, le Gros avait levé les yeux et l'avait dévisagé.

— T'as idée du nombre de gens qui vivent à mes crochets ? Les employés de la loterie, leurs familles, des hommes de loi... Fais le compte.

Aguinaldo n'avait rien répondu. L'espace d'une seconde, la tension était montée, ils avaient échangé un regard et le Gros avait sûrement alors envisagé de se débarrasser de lui. Mais cette éventualité avait vite été écartée. Il avait alors plongé la main dans une de ses poches et en avait retiré un tas de billets froissés. Il les avait lissés, comptés avec une lenteur déterminée, s'y était repris à deux fois, pour finir par en faire une liasse.

— Voilà vingt-cinq mille. Tu préviens Mateus Romeiro de ne jamais oublier les copains.

— Il n'oublie rien, jamais, Felipe. Mets-toi ça dans la tête.

Oui, les obligations qu'Aguinaldo a envers Mateus, les missions remplies au cours de ces longues années d'amitié, les engagements tacites, leurs virées nocturnes, les justificatifs qu'il lui fournissait régulièrement, les secrets partagés, les lettres compromettantes, les sursauts de frayeur vécus ensemble, tout cela terrorise aujourd'hui Aguinaldo Ribeiro, qui se dit que les choses sont en train de mal tourner et que, d'un jour à l'autre, il finira par être démasqué. Et ses nuits sont peuplées de cauchemars. Pourtant, ce n'est pas le moment de lâcher. Car entre Mateus Romeiro et lui, existe un lien qui dépasse l'amitié : la certitude de n'être jamais seul, grâce à cette solidarité infinie.

Son frère... Souvent, Mateus l'a appelé « vieux frère ». Et ils l'ont été, c'est vrai, durant leurs jours de gloire, avant que des cadavres ne se mettent à descendre le courant du Rio Guandu, avec ces signes irréfutables — tibias, têtes de mort — , avant que les opérations de « délestage » ne fassent la une des journaux, ne soulèvent le peuple d'indignation et ne permettent à certains — les juges, les procureurs — qui se décident « incorruptibles », d'envisager une enquête et des sanctions. Durant ces jours de gloire, ils se voyaient tous les jours, Mateus et lui. Mateus lui remettait en mains propres sa part de la « collecte » du *jogo do bicho*, et il se sentait protégé. En échange, il écrivait ce que les autres lui dictaient, quitte à tremper ses draps de sueur pendant les nuits blanches au cours desquelles, accablé par sa tâche, il s'épuisait à trouver le mot juste, le mot salvateur. Il fallait que ces reportages respirent l'honnêteté, sans laisser aucun doute.

Et tout ça avec Arnobio sur le dos, quand il était au journal, qui l'encourageait à écrire. « Les gens ne se méfient pas, disait-il, ils se contentent de lire, et, pour eux, ce qui est écrit, c'est la plus sacrée des vérités. Ce qui est dans le journal, mon vieux, c'est la pure vérité. C'est la réalité qui est fausse. Comment ils pourraient se douter de nos magouilles ? » Voilà ce qu'Arnobio lui soufflait à l'oreille. Et on voyait, à la une, le visage de Mateus avec son sourire narquois. « Le Ringo de Copacabana », titrait Aguinaldo Ribeiro, sans croire lui-même un traître mot de ce qu'il publiait.

Et puis voilà maintenant que tout se complique. Aujourd'hui, le copain en exil lui annonce son retour probable... « Je ne supporte plus d'être loin de mon bon vieux Brésil... » Donc, ils allaient se retrouver, le cauchemar allait recommencer ? Au Palais de Justice, les procès s'enchaînaient, les témoins continuaient à se contredire allègrement quand il s'agissait de faire leur déclaration devant le procureur, qui, lui, à mesure que le temps passait, voyait diminuer ses chances de mettre la main sur le meneur de jeu et d'accéder ainsi à la gloire. Comment parvenir à condamner celui que tous s'acharnent à innocenter ?

Aguinaldo Ribeiro suivait les séances du procès avec le sentiment grandissant que sa tête finirait par tomber. Il tremblait en entendant parler d'homicide, de corruption, de pots-de-vin... « ...dans ce vaste filet, plus vaste que nous ne pouvons l'imaginer... ». Phrase récurrente dans les interviews données par l'accusation à la presse. « Si Mateus est condamné, tu crois qu'il nous compromettra ? » demandait Arnobio Fontana. Et Aguinaldo le rassurait, c'était maintenant à son tour de le faire. « Non, Arnobio, il a besoin de nous ici, libres, il ne va pas nous foutre dans la merde. »

Et les petits truands du *jogo do bicho*, menacés, répondaient. Avec un froncement de sourcil et des grincements de dents, ils finissaient toujours par tirer d'une de leurs poches un tas de fric, tout en caressant dans l'autre la détente de leur revolver. Et lui, il se voyait déjà réduit à l'état de cadavre, couvert de sang, tandis qu'il feignait en face d'eux une contrariété ou une détermination qu'il ne ressentait pas. « Qu'est-ce qui m'arrive, je perds la boule ou quoi ? » Une nuit comme celle-ci, penché par la fenêtre, espérant ainsi vainement échapper à la chaleur de novembre, il se dit : « Je vais craquer, putain, c'est pas possible de flipper comme ça... » Il reçoit des lettres, il sait que Mateus est sur le point de revenir, de franchir la frontière en dépit du danger. Et les cachets de la poste retracent l'itinéraire de son ami sur une carte imaginaire.

— Il n'y a personne de plus neurasthénique qu'un vieux chroniqueur judiciaire, mon pauvre Aguinaldo.

C'est une phrase d'Arnobio Fontana, qu'il avait prononcée le jour où les avantages mirifiques offerts par l'organisation avaient commencé à s'agiter sous le nez d'Aguinaldo. Il l'avait écouté en silence, tandis que son confrère lui parlait de l'injustice qu'il ressentait d'être laissé-pour-compte, alors que les autres employés de la rédaction prospéraient sur leur dos. Son raisonnement était empreint d'une curieuse dialectique, qu'on pourrait résumer ainsi : dans une société de criminels, mieux vaut être criminel soi-même. Et, prononcés par Arnobio Fontana, avec sa bouche en cul de poule et son gros pif tout rouge — sans doute à cause de la coke —, ces mots prenaient un sens aigu qu'Aguinaldo, jeune reporter, n'avait encore jamais saisi. Et d'un seul coup, il avait compris, lui si intègre et solitaire, qu'il se trouvait immergé dans un monde où le seul critère de valeur était la capacité d'ignorer tout scrupule et de se remplir les poches. « Pense à la famille », susurrait Arnobio. Oui, la famille. Il devait faire pour eux tout ce qu'il pouvait, même en commettant les pires délits. Et de fil en aiguille, il avait été convaincu. Dans les quotidiens, les informations ne dépassent jamais le degré du fait divers : vols de voitures, trafic de drogue, braquages, cambriolages. Et la police a pour seule fonction d'arrêter les malfaiteurs qui, pour de mystérieuses raisons, sont relâchés le lendemain même. Photos et articles envahissent les pages de récits de faits divers, chaque cas étant considéré comme particulier, et jamais relié à un ensemble. Ainsi, le lecteur a l'impression que seule leur situation marginale pousse les délinquants à agir. Comment imaginer, en effet, qu'il puisse y avoir le moindre lien entre tous ces cas isolés, et qu'ils ne sont que les mailles d'un immense filet ? Comment en arriver à la conclusion que la page d'un journal n'est que le miroir dans lequel se reflète le monde entier, si les journalistes eux-mêmes escamotent dans leurs articles tout élément propre à amener le lecteur à cette conclusion ?

« Aguinaldo, l'organisation a toujours existé, que tu le veuilles ou non. Ce qui fait tenir la société, c'est justement le crime que tu pensais combattre. Il est le nerf vivace qui la maintient constamment sous tension, qui la pousse à produire, à créer. » Arnobio Fontana, avec son catalogue de phrases toutes faites, voulait sans doute dire que *la Mort produit la Vie*. « Ce que tu pensais combattre, t'écrase en fait avec la force d'un rouleau compresseur. La seule manière de ne pas rester en rade, c'est de comprendre ça : le monde n'existe que pour celui qui cherche à en arracher sa part. Si c'est ça que tu veux, il faut que tu nous rejoignes. »

Ce soir-là, Arnobio lui avait parlé comme Mateus Romeiro l'avait fait quelque temps auparavant, dans les mêmes termes — c'était l'argumentaire classique de l'organisation utilisé pour d'éventuels recrutements. Et Aguinaldo, assailli par toutes ces pensées qui bourdonnaient comme un essaim dans sa tête, commença à se dire, « ...oui, c'est vrai, Mateus et Arnobio ont raison », et à s'autocritiquer. À ce moment-là, la faille s'était ouverte, ténébreuse, mystérieuse, et au fil des années, il s'était vu dégringoler, jusqu'à cette nuit où, solitaire, après avoir vainement tenté de fuir la chaleur de novembre en se penchant à cette fenêtre, le voilà maintenant qui s'en éloigne, tiré de sa torpeur par une sonnerie de téléphone.

À peine a-t-il tourné le dos à la rue, qu'il revoit devant lui ce salon désert, sans vie, bien qu'encombré de meubles et d'objets insignifiants, éparpillés dans tous les coins. Il s'avance dans l'obscurité, cherche à tâtons le téléphone dont la sonnerie se fait insistante, et le saisit d'un geste mécanique. Il décroche et entend, à l'autre bout du fil, la voix d'Arnobio Fontana.

— Aguinaldo, c'est toi ? demande la voix, comme si quelqu'un d'autre pouvait occuper ce désert.

— Mais oui, bien sûr, qu'est-ce que tu me veux à une heure pareille ?

L'autre répond par un profond soupir, et la phrase qu'il lance percute le cerveau d'Aguinaldo Ribeiro, comme le ferait la sentence d'un juge :

— J'ai des nouvelles de Mateus Romeiro, il s'est fait choper par les flics de la Fédérale, dans une boîte de nuit à Porto Alegre.

En marge du procès

II

Reportage d'Arnoldo Machado, journaliste à l'hebdo Opiniao, *rédigé immédiatement après l'arrestation de Mateus Romeiro, mais non publié en raison de la censure du gouvernement.*

Tous les analystes du phénomène Mateus Romeiro, depuis Aguinaldo Ribeiro, son attaché de presse attitré, jusqu'aux éditorialistes du *Jornal do Brasil*, commettent à son propos une grave erreur : ils veulent le juger selon des critères de comportement prétendument normaux. Sans doute est-ce parce qu'il a su éviter cette erreur que Heitor da Luz, documentaliste et rédacteur au *Globo*, a mieux réussi à cerner la personnalité du « flic truand », dans un article où il dénonce son goût de l'exhibitionnisme. Il attire notre attention sur le fait que « le seul élément cohérent dans la personnalité de cet homme, c'est sa persistance à rechercher la notoriété par des moyens que tout spécialiste attribuerait à une pathologie paranoïaque ».

Ces symptômes de paranoïa se manifestaient déjà chez ce jeune homme à la peau hâlée qui, en 1963, avait présenté le concours d'entrée à la Sécurité Publique, dans les brigades de surveillance. Son bronzage était dû à de longues matinées sur la plage. Étant, depuis son adolescence — passée dans le quartier de Ramos à Rio —, fervent adepte des mythes d'Hercule et Maciste, il avait puisé son engouement pour la carrière de policier dans les aventures filmées de ces héros musclés, interprétés, entre autres, par Victor Mature. Cet enthousiasme primaire ne fut pas réellement suffisant pour lui permettre de se distinguer des autres candidats, loin s'en faut. Pourtant, le 10 mars 1964, Mateus Romeiro de Barros allait rejoindre les rangs de la Sécurité Publique dans les brigades de surveillance.

LES HOMMES DE FER

Il semblerait que, dès les premiers jours, il ait confondu sa vocation de truand avec sa carrière de policier. Chef d'un groupe d'agents de la Sécurité, dont le rayon d'action couvrait alors la rue Prado Junior, à Copacabana, et dont Alcino Pinto dos Santos, aujourd'hui comme lui sous les verrous, faisait également partie, Mateus, en tant que policier, inventa la « taxe de protection » pour les boîtes de nuit mal famées du quartier. En fréquentant ces lieux, il se trouva en relation avec des femmes et des homosexuels qui devinrent ses collaborateurs dans ce que l'on appellera, « l'affaire des Travellers » — l'un des nombreux motifs d'accusation pour lesquels il est aujourd'hui sommé à comparaître. Il rencontra aussi des journalistes, qui, en échange de certains services, s'engageaient à le présenter dans les pages de leur quotidien comme un Ringo invincible, et, de surcroît, gentleman. C'est en 1968 que Mateus exécuta ses premières victimes. L'une d'elles, un certain José Pires da Silva, fut tué à Botafogo pour avoir « braqué un chauffeur de taxi et mal réagi à un mandat d'arrêt ». Quant à l'autre, Eduardo Perano, on ne réussit jamais à savoir s'il était ou non mort de ses blessures, car on ne retrouva pas son corps. Mais sa famille livra à la police certaines informations : avant la disparition d'Eduardo, et sous prétexte de le soustraire à la menace d'une arrestation, Mateus Romeiro leur réclamait régulièrement de l'argent. « Et puis, quand on n'a plus eu d'argent, Eduardo a disparu. »

L'année où Mateus Romeiro faisait ses premiers pas dans le crime, l'Escadron de la Mort faisait les siens. Tout commença par la découverte d'un cadavre criblé de balles, un voleur de voitures nommé Silvio Gordinho, qui portait des traces de menottes aux poignets, et, autour du cou, un écriteau au bout d'un fil de nylon, avec une tête de mort. Ces indices allaient être par la suite retrouvés sur des centaines de cadavres.

La mort de Silvio inaugurait une série d'exécutions. Les victimes étaient toujours des voleurs de voitures, des faussaires, des truands sans grande envergure. Les journaux, à mille lieues de la vérité, enfonçaient le clou : les policiers agissant au nom de l'Escadron de la Mort commettaient simplement une erreur à propos de leur mission, ils voulaient répondre à la violence par la violence, etc. C'est seulement quelques années plus tard que Lucio Flavio Vilar Lirio et Fernando Gomes de Carvalho, truands anciens amis de Mateus, livreront à la justice une nouvelle version des faits qui choquera l'opinion : ces voleurs de voitures, faussaires et trafiquants de drogue n'auraient été exécutés que parce qu'ils en savaient trop, ou encore parce qu'ils se refusaient à agir pour le seul compte de ces miliciens et que, par représailles, ceux-ci les éliminaient.

Gravissant les échelons du crime, Mateus Romeiro recevait des promotions dans la police. En 1970, il était nommé inspecteur. Cette année-là, le Secrétariat à la Sécurité décidait, pour combattre la délinquance, de créer un corps d'élite que la presse baptisa pompeusement du nom d'« Hommes de Fer ». Ils étaient au nombre de neuf. Le neuvième, comme par hasard — mystère encore non élucidé à ce jour —, se trouvait être Mateus Romeiro, qui, de ce fait, se trouva proche de policiers plus expérimentés tels qu'Espiridao Znejder, dit Le Gringo, et Domicio Viana, « célèbre héros de la lutte contre le narcotrafic », actuellement en cavale, recherché et condamné pour corruption.

Mateus Romeiro, homme de fer et policier d'élite, parvenait incontestablement à la notoriété. Au volant de sa Coccinelle pétaradante, il errait dans Copacabana, au petit matin, et finissait toujours dans les boîtes mal famées. Son goût de l'exhibitionnisme était au zénith. Mateus Romeiro était à la fois un homme de bonne réputation, un flic gentleman et un tombeur de femmes célèbres. On le voyait sortir aussi bien avec Eloina, le travesti, vedette d'un cabaret de la Lapa, qu'avec Marlene Graça, actrice au sommet de sa carrière, qui allait rapidement devenir sa compagne et la mère de son enfant.

DÉLESTAGE

En 1970, les crimes perpétrés par l'Escadron de la Mort, vu le raffinement et la cruauté avec lesquels ils étaient commis, soulevèrent une vague d'indignation sur l'ensemble du territoire, et à l'étranger. Publiées par la presse internationale, les photos des cadavres — « *jambons* ou repas froids » — représentant les victimes, affublées de têtes de mort — emblème macabre du groupe d'action, provoquèrent un tolle général, éclatant et, par là même, compromettant. Certaines publications internationales, dont l'attention avait été éveillée par tant d'étranges coïncidences, ne manquèrent pas d'associer les crimes de l'Escadron de la Mort — et leurs auteurs — aux assassinats de prisonniers politiques et d'activistes que le gouvernement brésilien s'efforçait systématiquement d'enterrer. Ce qui causa de sérieux embarras aux autorités diplomatiques du pays.

Sans se soucier de tout ça, Mateus Romeiro poursuivait son œuvre de mort, en liquidant les voleurs de voitures : Manoel Soares, Arnaldo Bastos, Carlos Alberto da Silva, dit *Carlinhos*, Oldaïr Barreto et Jonas Tavares. Sur la pancarte attachée au cou de l'un des cadavres, on pouvait même lire la liste des prochaines victimes : Lucio Flavio Vilar Lirio et Fernando Gomes de Carvalho, qui avaient révélé à la justice les réels mobiles des crimes attribués à l'Escadron.

Toujours en 1970, Mateus Romeiro fut pour la première fois rappelé à l'ordre. Il devait déjà répondre à dix-huit accusations, et fut suspendu de ses fonctions pour trente jours. Le scandale des Travellers éclatait, quand une suspension providentielle fut prononcée. Prostituées et homosexuels venaient d'avouer, après leur arrestation, qu'ils volaient ces travellers aux touristes et qu'ils les remettaient ensuite à Mateus Romeiro. Il se chargeait de la falsification des signatures. Cette affaire lui aurait rapporté près de cinq cent mille cruzeiros.

À ce moment-là, Mateus Romeiro s'était déjà fait une réputation de Ringo, créée et entretenue activement par les journalistes Aguinaldo Ribeiro et Arnobio Fontana. Ses capacités d'action en tant que policier paraissaient assez douteuses, mais la confusion qu'entretenaient ces deux journalistes à propos de ses crimes suffisait à préserver sa réputation d'intouchable. Il est donc logique que le scandale qui éclatait à son sujet prenne de telles proportions et que la police ne voie plus qu'une seule issue : en août 1972, Mateus Romeiro et son complice, Alcino Pinto dos Santos, se trouvaient donc arrêtés pour homicide.

Octobre 72. Mateus Romeiro, démis de ses fonctions « dans l'intérêt public », abandonne ses activités dans la police, fortement compromises, pour se consacrer exclusivement à sa carrière de truand. Il allait donc, quelque temps après, s'évader de prison, dans des circonstances au demeurant mystérieuses, consignées dans des archives restées secrètes. Ce qui ne manqua pas de provoquer, dans les salles de rédaction, une vague de rumeurs fantasmatiques impliquant de hauts personnages.

Durant les dix-huit mois d'errance qui suivirent, à travers tout le territoire du Brésil et, incidemment, le Paraguay, l'Uruguay, la Bolivie, l'Argentine, Mateus utilisa régulièrement messieurs Aguinaldo Ribeiro et Arnobio Fontana comme porte-parole, usant de leur plume pour continuer à affirmer son innocence. Mais un certain Domingos Martins Carvalho, voleur de voitures, arrêté le 19.5.73 à Foz de Iguaçu, révéla dans sa déposition que Mateus Romeiro achetait des voitures volées pour les revendre au Paraguay, à Asuncion. Carvalho avoua alors avoir lui-même volé plus de quarante véhicules auxquels il avait dû faire passer la frontière. Selon ses dires, Mateus Romeiro achetait ces voitures mille cinq cent cruzeiros chacune, pour les revendre neuf mille au Paraguay. Les véhicules étaient conduits jusqu'à Foz de Iguaçu et, une fois franchi le Pont de l'Amitié, étaient livrés à Puerto Stresser. Toujours selon Carvalho, les sommes ainsi obtenues étaient réinvesties dans l'achat de drogue — de la cocaïne — revendue ensuite sur Rio, Sao Paulo et Bahia, et même fournie gratuitement à ceux qui, en échange, et moyennant quelques menus services, continueraient à affirmer leur soutien à Mateus Romeiro. L'affaire Carvalho est vite enterrée, mais, quelques mois plus tard, un certain Henrique Prado, policier à Sao Paulo, se fait pincer à Foz de Iguaçu, alors qu'il tente de faire, lui aussi, passer des voitures à la frontière du Paraguay. Il avoue alors être lui aussi en relation avec Mateus Romeiro, et va jusqu'à impliquer le chef de la police d'Asuncion — connu sous le nom de Saldivar — en l'accusant d'avoir reçu mille deux cents cruzeiros dudit Mateus pour régulariser les papiers des voitures volées. C'est d'ailleurs ce même Saldivar qui, probablement, s'occupa de fournir les faux papiers paraguayens pour permettre à Ringo de devenir « Roberto Rodriguez, commerçant à Juan Caballero ».

Lors d'une de ses célèbres crises de mégalomanie, Mateus Romeiro cita les noms de Ponce Pilate, Jules César et Cicéron, qui, selon lui, auraient, comme lui, été les « victimes de forces occultes et diaboliques ». Ces mêmes « forces occultes » sont également citées en référence dans un éditorial du *Jornal da Tarde* traitant des crimes de l'Escadron de la Mort. Ce qui permet indirectement aux journalistes de faire allusion, sans les publier ouvertement, aux fables circulant dans les salles de rédaction. Ces prétendues « forces occultes » firent de Mateus Romeiro de Barros, pendant le temps où il servit leurs intérêts, le dépositaire d'un certain nombre de secrets inviolables. Et tous les crimes dont il est question aujourd'hui y trouvent leur raison d'être. La racine du mal y puise sa sève, développant ses ramifications, qu'il est quelquefois nécessaire de détruire.

Voleurs de voitures, faussaires, dealers, devenus dangereux, sont alors liquidés par ce mythique Escadron de la Mort. Qui sont donc les acteurs de ces « forces occultes » ? Mateus Romeiro, lui, le sait. « Au cours de mes déplacements dans le pays et à l'étranger, j'ai toujours reçu de l'argent de mains charitables. Le matin, au réveil, je trouvais ces sommes glissées sous la porte de ma chambre. Mais il se trouve que je suis quelqu'un d'ingrat. Le plus souvent, j'oublie le nom et l'adresse de mes bienfaiteurs. »

Ce serait de la naïveté pure de penser que Mateus est l'un des chefs de cette organisation qui force voleurs, faussaires et dealers à se mettre à son service. Tout aussi naïf de vouloir l'isoler, d'en faire un cas atypique. Au moment même où toutes les colonnes de journaux consacrées aux affaires policières parlaient de lui, les mêmes sortes de crimes, dont Alcino et lui étaient soupçonnés, continuaient à être perpétrés. Des signes évidents montrent que l'incarcération de ces deux complices n'altéra pas gravement le fonctionnement de cette milice.

« Tous les éléments concordent. Actuellement, on constate que la stratégie mise en place pour calmer la réaction d'horreur de la population, en effaçant le souvenir de ceux qui sont morts à genoux — quelquefois même forcés à creuser leur propre tombe avant d'être fusillés, ou enterrés vivants par les voyous de l'Escadron de la Mort —, s'est révélée efficace. En effet, la presse parle de moins en moins de cette bande au sinistre renom, on ne se préoccupe plus d'élucider leurs crimes, et on ne tourmente pas la conscience des procureurs et des juges, eux-mêmes fort enclins à abandonner la lutte. » (*Jornal da Tarde.*, 14.3.73.) Qui trouve son intérêt dans une telle stratégie ? Les « forces occultes », bien entendu. Mais qui sont-elles ?

En outre — ironie du sort ? —, si Mateus Romeiro avait fait, pendant longtemps, la une des journaux grâce aux journalistes Aguinaldo Ribeiro et Arnobio Fontana, ce sont ensuite ces mêmes journalistes qui le remplacèrent dans les rubriques policières, après son arrestation. Le motif ? Une lettre dans laquelle les deux hommes faisaient part au fugitif des difficultés qu'ils avaient dû surmonter, à Rio, pour racketter sur sa demande certains dealers et les vendeurs de billets du *jogo do bicho*, et enfin réussir à « collecter » les sommes qu'il réclamait. Le document, actuellement entre les mains de la police, avait été découvert dans une des poches de Mateus. Il y était fait également allusion à une jeune femme, une certaine Regina Leitao do Nascimento e Costa — trouvée en sa compagnie le jour de son arrestation — chargée de transmettre l'argent à Mateus, alors réfugié en Argentine d'où il comptait bientôt revenir.

QUI DOIT-ON PUNIR ?

Qui étaient ces gens qu'Aguinaldo, Arnobio et Regina étaient chargés d'intimider pour obtenir les sommes réclamées par Mateus ? Pourquoi eux, et pas d'autres ? Les fameuses forces occultes semblent avoir de curieux réseaux de circulation, et dans de bien étranges zones. Pour la police, Mateus restera toujours un collègue, coincé dans une passe difficile de sa carrière, méritant donc un traitement spécial. N'oublions pas qu'il a été appréhendé par la Police Fédérale, alors que c'est la police civile de Rio qui le recherchait. Pour la presse, il restera toujours Ringo, le gentleman, ou le truand. Mais jamais il ne sera considéré comme un paranoïaque, manipulé par quelque force que ce soit, qu'elle soit occulte, ou plus concrète comme celle que représentent Aguinaldo Ribeiro et Arnobio Fontana.

Ils sont nombreux, ceux qui trouveraient leur intérêt dans l'impunité de Mateus Romeiro. En vérité, qui trouverait le sien dans sa condamnation ? En tout cas, si ce quelqu'un existe quelque part, j'aimerais lui suggérer quelque chose : un certain Roberto Rodriguez, citoyen paraguayen, aurait un compte ouvert à la Banque de la Province du Rio Grande do Sul, à Porto Alegre. Sur ce compte auraient été effectués, régulièrement, au cours de ces dernières semaines, plusieurs virements venant de Rio, le montant du dernier s'élevant à quinze mille cruzeiros. Que celui qui les a effectués révèle qui est le protecteur de Mateus — et pourquoi.

Interview de Marlene Graça

III

Donc, il s'est fait pincer, c'est ça... Vous débarquez et vous me balancez la nouvelle, comme ça, direct... Je suis un peu secouée, à vrai dire, vous savez ce que c'est. J'ai vécu deux ans avec ce type, et après tout, c'est quand même le père de mon fils. Et en plus, tout ça, ça remet en question ma carrière d'actrice : il l'a pratiquement détruite, il m'a empoisonné la vie au point que ça devenait impossible de travailler. J'ai passé de sales moments, mais maintenant qu'une nouvelle occasion se présente, pas question de louper le coche. Ça doit vous sembler puéril, mais pour moi, c'est drôlement important : avant-hier, j'ai fait la couverture de *Manchete*, c'est pas rien. Ça sort la semaine prochaine. Sans parler de l'interview que je suis en train de vous accorder... Vous avez pas mal de lecteurs, non ? Et je crois que ça sort tous les lundis, non ?

Bon. Bref. Voilà, vous débarquez et vous m'annoncez que Mateus Romeiro s'est fait prendre et vous avez l'air étonné que ça me fasse un choc. Pourtant, il y a de quoi. Après tout, je l'ai aimé, et cette interview réveille un tas de choses que j'avais oubliées. Non, je n'irai pas lui rendre visite. Surtout pas. Je vous ai déjà dit que nous n'avions plus rien à faire ensemble. Son fils ? S'il veut le voir ? Pas question. Ça ne peut faire que du mal à un gosse de voir son père en prison. Tout comme ces nuits interminables où je crevais de l'attendre jusqu'au petit matin. Et soit il ne rentrait pas, soit il arrivait complètement bourré. Non, je ne l'ai jamais vu se droguer. Mais je vais vous dire un truc. Souvent, il me battait. Il y a comme ça certaines scènes impossibles à oublier. Des jours où il avait une tête de possédé, où il me provoquait rien que pour le plaisir de m'agresser, de m'insulter, il me disait de ces choses, vous le croirez pas, il me traitait de putain syphilitique, et ça me donnait envie de chialer, mais vous savez, enfin, ça me restait dans la gorge, et je me disais, verte de rage, que, surtout, je ne devais pas craquer et montrer que j'étais fragile devant un type comme ça. Je me contentais de le regarder droit dans les yeux, de le fixer, et je m'écrasais, j'encaissais. Je suis butée comme une carne, je ne voulais pas admettre une telle humiliation, j'étais prête à payer cher pour garder ma fierté, je luttais contre lui avec mes armes à moi, en particulier ma patience. Et ça l'exaspérait. Il déboulait sur moi avec ses paluches en acier, il me giflait, me cognait, je prenais des coups dans la gueule, dans la poitrine, dans le ventre, il me balançait des coups de pied, et je finissais par m'habituer à ce goût de rouille dans la bouche. Je serrais les dents et je me forçais à penser à tout ce que je détestais le plus, à tout ce qui provoquerait ma rage, et, pendant qu'il me tapait dessus, je me roulais en boule, pour qu'il n'ait plus de prise, sauf les cheveux, et il balançait ses coups de pied, il me piétinait, il m'envoyait à la gueule toutes les injures de la terre. « Putain syphilitique », il répétait, et « chienne galeuse ».

Moi, je m'en remettais à tous les saints dès que je me sentais craquer, à deux doigts de lâcher un vrai fleuve de larmes. Parfois, il arrivait à me faire chialer, et il me regardait, et ça le calmait. Il ne me quittait pas des yeux pendant que je me tordais par terre, je poussais des gémissements et je murmurais : « Mon Dieu, qu'est-ce que j'ai fait pour mériter ça ? » Il m'observait et même sans lui adresser un regard, je sentais alors que la glace fondait, qu'il redevenait doucement un être humain, comme si une rivière prise dans la glace recommençait soudain à murmurer. Et ce jusqu'à qu'il se mette à chuchoter « allez, ça suffit, on arrête avec ça, Marlene ». Et moi, je n'en tenais aucun compte, oui, parce que maintenant c'était mon tour, et je continuais à pleurnicher, et ça lui fichait les nerfs en boule. « C'est fini, Marlene », il disait, et il prononçait mon nom comme une musique rare, précieuse. « MAR-LE-NE... » Il détachait les syllabes, et je savais qu'à ce moment-là, il hésitait entre son envie de se barrer, de quitter la piaule dégueulasse où on vivait, et celle de rester là pour me consoler. Il se mettait alors à me passer les doigts dans les cheveux.

À la fin, il se penchait sur moi, posait sa main sur mon front en sueur, et disait « c'est fini », « on va oublier tout ça... ». Mais jamais il n'a prononcé le moindre mot qui ressemblerait à un pardon. Je maugréais encore un peu, mais je savais que les choses en resteraient là, que le jeu était fini. J'essuyais mes larmes, parce que, après s'être tellement défoulé, il fallait s'attendre à ce qu'il ait envie de baiser.

Mais quand je ne craquais pas, quand j'arrivais à bander mes forces contre la peur, quand je ne pleurais pas, alors il s'acharnait sur moi jusqu'à ce que je tombe dans les pommes, ou qu'un voisin terrorisé se mette à tambouriner. Après quoi, il s'en allait, sans dire un mot, fuyant ma vengeance, et ça me rendait malade pendant des jours. Tant de haine retenue me donnait la fièvre. Et puis, avec le temps, on se réconciliait. Il y avait une sorte de contrat entre nous, on vivait ensemble, et même les bagarres faisaient partie de ce contrat. Bien longtemps après, quand je me suis retrouvée seule, je suis parvenue à cette conclusion que ces bagarres en fait nous permettaient de tenir le coup. On s'affrontait l'un à l'autre, ça nous assommait, mais on restait vivant.

Non, franchement, la vie avec Mateus Romeiro, c'était pas la joie. Ces petits matins d'enfer, les appels téléphoniques, les disparitions brusques, les moments où Alcino débarquait pour convoquer Mateus chez le Gringo, ce qui faisait qu'il se mettait à devenir comme un fauve traqué. Mateus craignait le Gringo : il avait quelque chose de particulier, que Mateus lui enviait. « Y a eu une réunion des Hommes de Fer », disait-il en rentrant, du temps où il me disait encore des choses. Moi, je suivais les exploits du groupe dans la presse — « l'élite de la police », écrivait Aguinaldo Robeiro dans le style vieillot et maladroit qui le caractérise — « populaire », m'a-t-il dit un jour. Je me souviens de la sortie d'un de ses articles au moment de l'évasion d'un célèbre truand. Il fallait lui remettre la main dessus et le groupe s'en était chargé. Le lendemain, le canard d'Aguinaldo publiait une photo d'eux — ils étaient neuf —, posant en demi-cercle, mitrailleuse au poing, la crosse des revolvers brillant à leur ceinture, le Gringo, son regard glacial, et Mateus, avec ses lunettes noires, et sa dentition éclatante perçant l'épaisseur de sa barbe.

À sa parution, cette photo m'apparut comme une des pièces du puzzle que j'aurais à reconstituer un jour. Je la rangeai d'ailleurs dans mes affaires, et je la conservai longtemps avec moi, jusqu'à ce qu'il me semble préférable de détruire tout ce qui me rattachait à cette période. Alors, je la brûlai. Mais je me souviens encore de ce que je ressentais en la regardant. Pour moi, ces hommes évoquaient quelque chose de trouble, de sale, sans doute étaient-ils rattachés au crime par un lien mystérieux, du fait même que leur vie en dépendait. Après tout, ils avaient bâti leur réputation sur la lutte contre le crime, non ?

Mon ventre commençait à sérieusement s'arrondir, et Mateus a cessé de me battre. On aurait dit qu'il tenait à cet enfant, qu'il pensait à lui comme à son propre bien. Que moi, je n'en étais que la dépositaire provisoire. Comme une sorte de deal : il m'avait fécondée, moi je lui donnais l'enfant. Mais j'avais déjà dans la tête que cet enfant m'appartiendrait, à moi seule, parce que je pressentais que Mateus payerait un jour ou l'autre ses années de gloire. Non, non, je ne veux pas parler de ses crimes, mais du genre de vie instable qu'il avait choisi de mener. Ce qu'on a découvert par la suite, je n'en ai jamais rien su quand je vivais avec lui. Tout ce que je sais, c'est la presse qui me l'a appris.

....

(Marlene a demandé que soient effacées en sa présence les dernières minutes de cet enregistrement, qui ne contenaient aucune information particulièrement nouvelle ou compromettante. Mais elle semblait se reprocher d'en avoir trop dit, et plus qu'embarrassée par le tour que l'interview venait de prendre. Elle ne reviendrait plus sur le sujet des Hommes de Fer, bien qu'elle ait encore cité quelquefois les noms d'Alcino et du Gringo, mais, cette fois, sur un terrain strictement personnel.)

....

.... j'ai connu alors une grande période d'accalmie. Ma condition de femme enceinte suffisait à justifier le fait que je ne travaille plus. En vérité, personne ne me sollicitait plus depuis quelques mois, mes amis du spectacle s'étaient évaporés, il y en avait même qui m'évitaient quand on se croisait dans la rue. Alors, bon, j'ai décidé d'assumer ma condition de femme au foyer, de faire des rangements, d'apprendre à faire la cuisine, de faire l'expérience d'un autre genre de vie. Mais enfin, il faut reconnaître que mes rangements n'étaient jamais convenables, que je n'ai jamais connu le plaisir de servir à table un riz bien cuit. Avant le septième mois, j'en conclus que je ne pourrais jamais être une bonne maîtresse de maison, que mon destin, c'était le nomadisme, que je devrais à jamais me contenter de ne posséder que deux ou trois choses élémentaires, comme quelqu'un qui sait qu'il va bientôt devoir repartir.

Le plus curieux, c'est que je garde de Mateus à cette époque le souvenir d'un homme assez prévenant, enfin jusqu'à un certain point, disons. Il ne passait déjà presque plus à la maison, mais quand il venait, il me traitait avec une certaine déférence, il bavardait avec moi et faisait des projets pour son fils. Moi, je l'écoutais en silence, et je pensais aux vraies familles, celles où les mamans enceintes tricotent de la layette pendant que leur mari leur pose tendrement une main sur le ventre et le palpe, écoute les battements du cœur là-dedans — oui, j'avais déjà vu ça dans un film, l'univers du cinéma, c'était le mien, celui que j'avais choisi, et j'étais partagée entre ces rêveries et la cruauté du monde qui m'entourait. Je faisais, dans ma tête, de longs voyages, desquels je pensais ne jamais revenir. J'étais plongée dans un état d'inertie qui laisserait certainement des traces, je fuyais, je m'échappais, je me liquéfiais à force de ne rien faire de ma vie. Bien sûr, je traversais une sale période, j'étais dans un état particulier, avec ce môme qui grandissait en moi. À mon avis, d'ailleurs, il n'y était pas pour rien. Je me disais « réagis, ma fille », mais, tout de suite après, je me mettais à bâiller, je restais prostrée et en silence, assise sur une chaise, je finissais toujours par fermer les yeux et m'endormir.

Quand Mateus rentrait et me trouvait là, dans cet état, il ne me réveillait pas. Il ne faisait pas de bruit — comme, sans doute, quand il poursuivait ses chers truands — et quand je finissais par ouvrir les yeux, des heures après son arrivée, je me plaignais, et je cherchais à dire les bons mots, « pourquoi tu ne m'as pas réveillée », dignes d'une parfaite femme au foyer. Il répondait « tu avais l'air tellement fatiguée... J'ai préféré te laisser dormir ». Nous tenions encore ensemble, liés par une corde, non, un fil, mince et ténu, prêt sans cesse à se rompre, liés ensemble à cause, sans doute, de cette grossesse. Je ne m'en rendais pas compte, alors. Ce n'est que par la suite, durant ces mois de solitude désespérée, que j'en ai pris conscience, en essayant de forcer les portes qu'il avait refermées, en me débattant dans la solitude de ma chambre, avec, pour toute compagnie, les pleurs de mon bébé. Je hurlais dans le vide « qu'est-ce que j'ai fait au Bon Dieu pour mériter ça ? ».

(Il faut ici placer quelques traits d'ironie à propos de l'évolution de Marlene vers la tragédie. Cette dernière tirade pourrait très bien être un monologue de Racine, ou d'un auteur grec. Bonne solution pour alléger l'interview.)

Oui, c'était un fil tendu, ténu, qui bien souvent avait failli se rompre. Au cours du huitième mois, Mateus a disparu pendant trois jours. Je ne me suis pas inquiétée, je savais à quel point il tenait à ce môme. Le quatrième jour, il a débarqué, avec des vêtements dans un état incroyable et le front traversé d'une ride profonde, qui annonçait des emmerdements. Il s'est enfoncé dans un silence intolérable, il était d'une humeur massacrante. Il m'a à peine dit bonjour, et quand je lui ai demandé d'où il venait, il m'a répondu, dans un murmure : « ...du Mato Grosso... » Il avait dû lui arriver un truc... comment dire... violent, imprévu. Il est venu près de moi, et j'ai remarqué que ses mains tremblaient. Mais je n'ai plus posé de questions, de toute façon, il n'y avait plus rien entre nous, il n'allait tout de même pas se donner la peine de me répondre, il risquait de me fuir pour toujours. De toute façon, j'ai vite compris ce qui était arrivé, parce que, la même nuit, Alcino a frappé à la porte, et a prononcé les mots que, si j'ai bien compris, il avait toujours eu peur d'entendre : « Le Gringo veut te voir. » Mateus a réagi comme sous l'effet d'une décharge électrique, mais il n'a pas dit un mot. Il a seulement pris le revolver qu'il avait jeté sur le lit, il a enfilé un blouson de cuir et il est sorti.

Le lendemain, Aguinaldo Ribeiro écrivait dans son canard une longue chronique à propos des activités de Mateus Romeiro : il y parlait des truands que Mateus s'acharnait à poursuivre, des dealers qu'il avait pincés, des escrocs qu'il avait dénoncés. Plus loin, on pouvait lire une note à propos de l'audience secrète que le Secrétaire à la Sécurité venait d'accorder au Gringo, dont le vrai nom était Espiridao Sznejder. Son surnom lui avait été donné par ses camarades. Ce dont ils ont parlé au cours de cette audience est resté secret.

S'il se passait quelque chose de particulier ? Si je sentais venir quelque chose ? Non. J'étais bien trop préoccupée par mes problèmes personnels, j'avais l'impression de couler, oui, car un autre nuage obscurcissait mon horizon. J'étais très jeune, et je me sentais menacée de n'avoir plus aucun avenir. Le môme commençait à m'étouffer, quand je mangeais, j'avais la sensation qu'il me remontait dans la gorge, qu'il forçait le passage pour sortir par le haut, ça me coupait la respiration. Je le sentais vivre à l'intérieur, il gigotait, il protestait et, la nuit, il me réveillait pour manifester — silencieusement — ses premières exigences. Et moi, c'est bizarre, hein, je l'aimais déjà. Je savais qu'il serait à moi, avec moi, toujours, même quand il ne ferait plus partie de moi. Bien plus que Mateus Romeiro ou n'importe quel autre, ce gosse-là, il marquerait ma vie. Je ne pensais qu'à ça. Et ça m'aidait à survivre, pendant ce long mois passé dans une sorte de pénombre, où flottait une étrange odeur d'angoisse, de danger, vague et impalpable. Au neuvième mois, je me suis mise à compter les jours. J'allais être libérée, tout mon corps ne vivait que pour donner le jour à ce gosse. C'est alors que Mateus Romeiro a définitivement cessé d'influencer ma vie.

En marge du procès
III

Sao Paulo (de notre correspondant) — La police du Paraguay vient de démanteler un réseau de voleurs de voitures, qui opérait au Brésil, et revendait les véhicules volés sur le territoire paraguayen. Quatre de ses membres sont sous les verrous, un cinquième est en fuite. Des agents de la police de Sao Paulo ont été dépêchés à Asuncion, pour débattre avec les autorités paraguayennes de leur éventuelle extradition.

Selon le commissaire Ramon Saldivar, de la Division de Surveillance d'Asuncion, ces voleurs faisaient du trafic de Volkswagen, de Chevrolet et de camions Mercedes.

Chef de ce réseau, José Almeida Junior, âgé de trente-quatre ans, opérait la plupart du temps dans l'état de Guanabara, volant les voitures stationnées devant les résidences privées. Cet homme, qui portait sur lui des faux papiers au nom de Dr Roberto Gurgel Amaral et de Luis Galinbert, agissait en collaboration avec Pedro Paulo Silva *carioca*[1], quarante-quatre ans, également appelé Pedro Dias, Rui Carlos Dias, *pau-*

1. *Carioca* : venant de Rio de Janeiro.

lista[1], vingt ans, porteur d'une fausse carte d'identité au nom Adriano Monteiro Filho, et de José Martins Silveira

Aux dires de ces malfaiteurs, le fuyard — dont ils prétendent ignorer le nom — serait originaire de Rio, aurait trente-deux ans, et son champ d'action serait autant Sao Paulo que tout l'état de Guanabara. Il aurait utilisé des faux papiers pour entrer au Paraguay, on ne sait sous quelle identité. Le réseau exerçait ses activités hors la loi depuis de nombreuses années, sans jamais avoir essuyé le moindre échec.

Première lettre

Aguinaldo,

je suis loin de mon bon vieux Brésil, comme tu peux le constater sur l'enveloppe. (À propos, n'oublie pas de la détruire.) Ça me manque, tu t'en doutes. Mais ce que je ressens est bien pire encore : je fais le bilan et je constate, avec une profonde amertume, que ma vie est coupée en deux. Dans le peu de livres, hélas, que j'ai eu l'occasion de lire dans ma jeunesse, on voyait des vies d'épreuves, comme celle des saints et des martyrs qu'on apprend au catéchisme. Eh bien, je crois que c'est mon cas, je traverse des épreuves. Tout à coup, je me trouve pris dans cet engrenage, et forcé de me cacher à l'étranger, loin des miens. On ne comprend ce que c'est que l'exil qu'en traversant une frontière et en entendant parler une autre langue. C'est ce qui m'est arrivé ici.

Ce n'est pas pour me plaindre que je t'écris. Mais pour te parler de quelque chose de bien concret. Le fric. Tu sais

1. *Paulista* : De Sao Paulo.

qu'au cours de tous mes voyages, je n'ai jamais dépensé que le strict nécessaire. Beaucoup moins même que ce à quoi je pourrais prétendre. J'espère, d'ailleurs, que le solde me sera remis après la tempête que nous traversons. Je suis sûr qu'un jour prochain, je verrai les premières éclaircies. J'ai épuisé le strict minimum, je n'ai plus un rond. Valdivia, de la police paraguayenne, qui est notre relais dans la ville où je me trouve, est disposé à m'offrir l'hospitalité. Mais tu sais, toi, mon vieil ami, que j'ai de l'orgueil.

C'est cet orgueil qui me pousse à réclamer ce qui m'est dû. Il ne m'est jamais venu à l'idée de réclamer à l'organisation ce qu'elle me doit, je sais parfaitement que tout sera réglé en son temps. Au Brésil, on m'a toujours prêté main forte, et ce n'est pas de sa faute si j'en suis là en ce moment. Mais bon, je suis dans la mouise. Et je compte sur ton aide pour me tirer de ce mauvais pas.

Voilà mon idée. Tu connais bien sûr le Gros Felipe, celui qui s'occupe des points de vente de Campinho et Santissimo. Il a toujours été réglo, il n'a jamais triché avec moi. En contrepartie, je l'ai toujours soutenu. Alors, voilà ce qu'il faut faire : tu vas le voir, et tu négocies le soutien que je lui ai apporté. Il n'aura pas le courage de dire non. Dis-lui de me refiler vingt mille cruzeiros, ça me suffira pour vivre deux mois. Ici, j'arrive à me débrouiller un peu. Tu lui demanderas la même somme le mois prochain, c'est grâce à moi qu'il mène la belle vie.

Désolé, mon vieux, si je t'oblige à faire ça pour moi, c'est que dans la situation où je me trouve, il n'y a pas grand monde à qui je puisse me fier. Tu as toujours été un ami fidèle, même dans les pires moments. Et je souhaite que ces sales moments passent vite. Une fois que tu auras soutiré cet argent au Gros, envoie-le-moi par l'intermédiaire de Regina, ma régulière, un sacré petit bout de femme, une vraie petite vicelarde, qui doit prendre contact bientôt avec toi. Ici, je suis un bon citoyen paraguayen, respectueux des lois. Sous le nom que tu sais. Envoie-moi aussi des nouvelles de mon procès, je veux savoir ce que cet enfoiré de procureur est en train de mijoter. Une de mes petites amies m'a déjà offert la tête de ce connard sur un plateau, mais je n'ai pas voulu, je fais confiance à cette justice tellement aveugle qu'elle ne me verra pas comparaître de sitôt.

Quant à Alcino, je lui fais une promesse solennelle : il va recevoir, ce mois-ci, chez lui — quel veinard ce type, il a un « chez-lui » —, une boîte d'allumettes remplie de la poudre blanche qu'il vénère, qu'il adore fourrer dans ses petites narines délicates, et qu'il injecte dans ses jolies petites veines bleues. Dis-lui de l'économiser, c'est difficile à avoir, même ici, dans ce pays sans foi ni loi qu'est le Paraguay.

À propos, j'ai l'intention de me tailler en Argentine, j'ai pris contact avec des gars de l'organisation là-bas. Je pense que je serai mieux là-bas, mais je vais réfléchir encore un peu. De toute façon, je serai ici pour attendre le fric du Gros, et je ne quitterai pas le Paraguay sans t'en avoir averti.

Je te file une bonne claque dans le dos, vieux frère, je t'envoie vite des nouvelles.

Deuxième lettre

Mateus,

Vieux frère, on se doute que, question pognon, ça ne doit pas être brillant. Si pour nous, qui circulons encore librement, c'est difficile de se faire un petit capital, qu'est-ce que ça doit être pour toi, tout seul là-bas, et obligé de te planquer. Le problème serait déjà résolu si ce qui est arrivé n'était pas arrivé. On vient seulement de l'apprendre, quelqu'un t'a doublé, et apparemment pas n'importe qui. Un beau salaud est allé se mêler de ton business, et en plus, en ton nom. Du coup, on se méfie.

Ça nous met bien dans la merde. On a fait tout le réseau et on a joué franc jeu (avec le Gros Felipe, par exemple). À chaque fois, le mec écoute, accepte, trouve tout ça très justifié, mais décroche un bon prétexte pour remettre à plus tard. Ce qu'ils ont fait en ton nom a été apparemment d'une telle violence que même nous, avec l'autorité qu'on a, et notre pouvoir de journaliste bien en main, même nous, nous ne sommes plus crédibles. Il y a un salaud qui a raflé à un de ces types un gros paquet de fric en utilisant ton nom. Écoute, on te suggère la chose suivante. Tu nous envoies par courrier ton accord pour que Regina — ah, quelle petite merveille de bonne femme, dis donc. Et célèbre, en plus, vieux rapace ! —, pour que Regina, donc, négocie cette affaire.

En ce qui nous concerne, on s'occupe tous les deux d'établir les contacts, on fait l'impossible, et on envoie Regina discuter avec le mec (en assurant bien sa protection, c'est clair, évidemment). Dans les hautes instances, on sait déjà qu'elle est ta deuxième femme. Si elle leur montre ton accord écrit, ils seront moins méfiants.

Bien, on a parlé du plus important, cette affaire de fric. Maintenant, il y a autre chose. Il est probable que la *Gazeta* te file une petite somme, quand tu te seras décidé à donner l'interview que je t'ai demandée en exclusivité, mais ce ne sera certainement pas faramineux, enfin c'est déjà quelque chose. En plus, il y a un type à la télé qui s'intéresse à l'idée de faire un film sur toi. Selon les contacts que j'ai, il serait prêt à te payer quinze mille cruzeiros.

L'idée de ce type, c'est de présenter le film pour, ensuite, faire pression, par le truchement de quelqu'un qui leur inspire confiance, auprès du procureur ou même du juge, imagine le truc. Il pense qu'il sera alors possible de mobiliser l'opinion publique, de telle manière que le jugement tourne en ta faveur. Je trouve cette idée plutôt risquée et pas très fiable. Ça pourrait même nourrir l'argumentation du procureur en ta défaveur, en particulier sur un point qu'il a déjà utilisé, à savoir que tu « joues trop les vedettes ».

Alors, on te propose d'y penser à tête reposée, et de nous dire quelle est, à ton avis, la meilleure manière d'utiliser ce type de la télé, comment tu le ferais intervenir dans le jeu. Tu nous écris ça, pour qu'on commence à organiser les contacts. Tu n'oublies pas de joindre ton accord concernant le rôle d'intermédiaire de Regina pour récupérer le fric prévu.

Autre chose : ici, à la *Gazeta*, tu fais ce que tu veux, ce qui est un minimum si on considère que c'est le journal qui t'a causé le plus d'ennuis. Donc, tu peux envoyer les documents pour un éventuel reportage, qu'on publierait après le carnaval — le mieux serait dans les jours qui suivent le mercredi des Cendres. Bien entendu, avec les photos, tu envoies quelques lignes écrites de ta main, on pourrait en publier un fac-similé. Et pense à trouver des documents à l'appui de ton texte : par exemple, essaye de nous procurer le casier judiciaire d'Eloina, ce travesti que le procureur fait rechercher pour l'utiliser comme témoin à charge. Tu pourras dire que tu t'étais documenté sur cet enculé à l'époque où tu étais « en quête de la vérité ». Et n'oublie pas de parler de ta confiance dans la justice et de joindre un mot gentil à l'intention de tes camarades en prison (Alcino t'en veut beaucoup). Enfin, fais au mieux, selon ce que tu penses.

Voilà, Mateus, ce que tes frères peuvent faire pour toi, en toute sincérité et avec loyauté. À part ça, dis-nous de quoi tu as besoin. On est là pour ça, pour rendre service aux amis, et il y en a peu, très peu. Tu es peut-être même le seul.

ARNOBIO FONTANA
AGUINALDO RIBEIRO

Lettre anonyme adressée au procureur

Monsieur le Procureur Rodolfo Aleixo. Je sais que vous recherchez un travesti du nom d'Eloina, ancienne petite amie de Carlinhos — l'un des hommes tués par Mateus Romeiro — qui a disparu le jour même du crime, et qui s'est enfuie, épouvantée à l'idée de subir le même sort que lui. Je sais où elle est. Il vous suffit d'envoyer un officier de justice à Governador Valadares, dans l'état de Minas, elle travaille là-bas, dans une boîte de nuit des bas quartiers, sous le pseudonyme de Danielle Bianchi. Il faut être très discret, sinon elle risque encore de vous échapper.

a) Un ami de la justice

P.S : La boîte s'appelle L'Oasis.

Troisième lettre

Chère Marlene Graça,

Je suis au courant (même si je suis exilé, je continue à être un homme bien informé grâce à mes nombreux amis) de la haine que tu nourris à mon égard. Et que, naturellement, tu essaies d'inspirer à mon fils. Le destin a voulu que je me trouve séparé de Reinaldo, et condamné à vivre dans la clandestinité. Et ce même destin a fait que nous avons été en conflit, toi et moi, pendant nos deux années de vie commune. Je veux bien que tu dises que j'ai été cruel envers toi, que je t'ai maltraitée. Mais tu n'as pas le droit de dire que je suis un mauvais père — ce que tu dois certainement raconter à Reinaldo.

Marlene, Reinaldo est autant mon fils que le tien. Davantage le mien d'ailleurs, si l'on songe que, pendant les neuf mois de ta grossesse, je l'ai désiré, alors que toi, tu n'as fait que le subir. Je te revois encore, toujours somnolente, toujours en train de te plaindre, d'errer dans la maison, regrettant apparemment d'être enceinte, tandis que moi, j'attendais cette naissance en comptant les jours.

Maintenant, tu profites de mon exil forcé et tu passes ton temps à lui mettre dans la tête que je ne vaux rien, qu'il n'est que ton fils à toi, et que tu es parfaitement capable de l'élever sans son père. Mais je peux t'affirmer que cette situation ne durera pas. Je rentre au Brésil, et je compte bien te rencontrer, ne serait-ce que pour faire le point. Ne t'inquiète pas, je ne serai ni brutal, ni violent, comme, certainement, tu t'y attends. Mais je serai ferme. Je ne fais que revendiquer ce qui m'est dû, et Reinaldo, comme je te l'ai dit, est aussi mon fils.

Aguinaldo Ribeiro m'a dit que tu avais traversé une sale période, mais que tu avais refusé l'aide que je proposais. Si je l'ai fait, c'est seulement en pensant à notre fils, qui mérite ce qu'il y a de mieux, même s'il est, par la force des choses, privé de son père.

Tu sais, Marlene, je ne suis pas méchant. Et si je t'ai maltraitée, ce n'est que parce que tu le méritais. Tu as l'art de te montrer insupportable. Si tu joues les victimes aujourd'hui, c'est bien parce que tu as la certitude que, d'où je me trouve, je n'ai aucun moyen de me défendre. C'est d'ailleurs pour ça que tant de gens m'attaquent maintenant. Parce qu'ils se sentent hors de portée. Mais je t'avertis : je reviendrai, et je me vengerai de tous ceux qui m'ont trahi. Méfie-toi, Marlene, ne les rejoins pas.

À partir d'aujourd'hui, je te prie de ne plus raconter n'importe quoi à notre fils. Et surtout, ne va pas lui dire qu'on me considère comme un malfaiteur. Car, d'ici peu, je serai réhabilité, et je tiens à ce que Reinaldo soit tenu à l'écart de tout ça. Quant à toi, je te respecte, parce que tu as traversé toutes ces épreuves avec dignité. Je n'ai aucun grief, et — pourquoi ne pas l'avouer —, je garde quelques excellents souvenirs de toi.

Quand je reviendrai, même si je dois le faire dans la clandestinité, je voudrai voir mon fils. Ne tente surtout pas de m'en empêcher, tu t'en repentirais amèrement. Tu recevras ma visite plus tôt que tu ne le penses, Marlene.

À bientôt.

M.

Compte rendu d'informations obtenues par le journal Opiniao à la suite d'une enquête, et non publiées pour cause de censure :

Regina Leitao do Nascimento est ce que l'on appelle « une femme du monde ». Fille de diplomates, élevée entre Londres, Paris et Rio, à dix-sept ans elle défrayait déjà la chronique mondaine où on la disait probable héritière d'une baronnie. On la voyait en effet très souvent en compagnie de l'aîné des fils du baron de Redford, et nos confrères spécialisés dans ce domaine prétendaient même qu'elle aurait été présentée au père lors d'un de ses séjours de week-end à Londres.

Regina n'épousa pourtant pas l'héritier en question, mais signa un contrat avec une agence anglaise de mode, et ses photos, bien que n'étant pas publiées dans les revues anglaises, couvrirent les pages de la presse carioca. Regina de face, de dos, de profil. Regina, rayonnante, habillée à l'exotique, exposant ses idées sur la mode la mieux adaptée aux Brésiliennes. Regina entrant dans les meilleurs restaurants, sortant de clubs privés, Regina en train de faire du shopping Avenue Foch, et, au final, Regina annonçant ses débuts prochains au cinéma.

Sa première apparition à l'écran ne pouvait donc pas passer inaperçue. Après la publication d'une photo la montrant assise à la table de Jean-Luc Godard, dans une boîte de nuit, elle était assurée de faire des débuts en fanfare. Déclarée favorite de Jean-Luc Godard, on en faisait automatiquement la nouvelle muse du cinéma français. Mais, pas plus que le mariage avec le baron ou la carrière de modèle, les débuts au cinéma ne se réalisèrent.

Regina Leitao do Nascimento e Costa avait été consacrée, une bonne fois pour toutes, et toujours par cette presse spécialisée, personnalité internationale. Quand elle arriva en Angleterre, en provenance de France, sur une moto dont le guidon avait les poignées bourrées d'héroïne, elle fut arrêtée. La presse brésilienne, obligée de céder aux pressions, étouffa l'événement. Et, pour conclure un procès très complexe — et grâce à l'intervention de l'ambassadeur du Brésil à Londres, ami de son père —, elle fut renvoyée de force en avion à Rio, un matin très tôt. Ce qui, en termes clairs, signifie qu'elle fut expulsée. Regina fut accueillie à son arrivée ici avec tous les honneurs dus à une haute personnalité, sans tenir compte du trafic de drogue.

Et encore des photos dans la presse, et encore des promesse de succès. Pour justifier son retrait du cinéma français, elle accusait Godard d'être « un enquiquineur ». Et la presse à sensation continuait à présenter à ses lecteurs fascinés Regina Leitao do Nascimento e Costa comme une personnalité de la jet set internationale en vacances à Rio.

On situe mal la date de sa rencontre avec Mateus Romeiro. Apparemment, ce serait au cours d'un séjour à Foz do Iguaçu auquel elle avait été conviée par un cinéaste brésilien qui tournait là-bas un documentaire sur les chutes. Quoi qu'il en soit, après avoir été remarquée au Paraguay en compagnie du flic truand — même si cette information ne fut pas publiée à grands cris —, Regina Leitao do Nascimento e Costa vit son nom disparaître de la chronique mondaine. Mais cette mise à l'écart ne dura pas : son nom revint à la une lorsqu'elle fut arrêtée dans une boîte de Porto Alegre, en compagnie de Mateus Romeiro. Seulement, cette fois-là, elle passait dans la rubrique des affaires judiciaires.

Rapport (mais quel rapport ?)

« Carnaval, Samba, et Petites Nanas », le spectacle présenté au cabaret L'Oasis, dans le quartier chaud de la ville de Governador Valadares, commence en général vers minuit. Mais ce jour-là, il fut annulé, car la vedette, Danielle Bianchi, travesti, avait été embarquée une heure avant dans le dernier car pour Rio, encadrée par deux officiers de justice.

Témoignage d'Eloina

Oui, monsieur. Je connaissais Carlos Alberto da Silva. C'était mon ami. Ce que j'entends par « ami » ? Eh bien, on vivait ensemble, on luttait ensemble, on mettait nos emmerdements en commun et on s'est lancé dans la vie tous les deux, avec les armes qu'on avait — je veux parler de notre culot et de notre acharnement. Oui, des actes hors la loi, comme vous dites, monsieur. Vous qui êtes juge, vous comprenez bien ce genre de problèmes. On se démerdait, oui. Parce que vous savez bien qu'on ne peut pas toujours vivre dans la légalité. On ne l'avait pas choisi, bien au contraire, ça doit être bien plus agréable de mener une existence honnête, bien plus facile, bien plus pratique. Mais quand, au départ, on n'a pas le moindre sou, si on n'a même pas d'endroit pour vivre, pour...

...vous connaissiez Carlos Alberto da Silva ? Bon, je dois me contenter de répondre par oui ou par non, et éviter tout commentaire ? Bien. Mais si c'est tout ce que vous vouliez savoir, pourquoi m'avoir fait venir ? Je ne faisais que vivre ma vie, bien loin d'ici, loin de vous, monsieur le Procureur. Si ma présence ici est — comment vous dites, déjà ? — « néfaste », il aurait mieux valu, dans l'intérêt de tous, me laisser là où j'étais. Mais non, je ne me suis pas enfuie,

seulement voilà, je ne voulais pas rester à Rio. J'avais des chances de mieux gagner ma vie là-bas, c'est tout bêtement une question d'argent... « La nuit du crime ? » Quel crime ? Non, je ne fais pas l'innocente, non, monsieur — l'innocent ou l'innocente, je confonds, excusez-moi —, mais il y a tellement de crimes, une douzaine au moins par jour, si on en croit les journaux, pourquoi donner plus d'importance à celui-là ? C'est vrai que j'aimais beaucoup Carlos Alberto da Silva, monsieur le Procureur, mais ça n'a pas suffi à empêcher sa mort — bon, disons, son assassinat. Je sais ce que c'est qu'une instruction, mais enfin je n'ai jamais été mêlée à ça, c'est la première fois, et je veux que ce soit bien clair : je ne suis pas venue ici de mon plein gré.

Un avocat ? Et pourquoi, un avocat ? Je n'ai jamais commis de faute. Oui, enfin, rien qui m'oblige à me défendre. Juste quelques bêtises, d'accord. Ah oui, la nuit du crime... J'ai appris que deux hommes avaient enlevé Carlinhos, le portier de l'hôtel me l'a dit. Mais il ne m'a rien dit de plus, c'était un sale type, il n'arrêtait pas de loucher sur mes seins — excusez-moi, monsieur le Procureur —, et il buvait comme un trou, d'ailleurs, je pense qu'il était saoul, la nuit du..., la nuit où Carlinhos a été tué, oui, c'était un crime. On avait rendez-vous à son hôtel, mais il voulait dormir avant de me voir, il était mort de fatigue... Quoi ? Oui, il arrivait de voyage, il allait souvent en voyage dans l'état de Sao Paulo, mais il ne m'a jamais dit ce qu'il allait y faire, monsieur le Procureur. Il y a des choses qu'on ne dit pas, monsieur le Procureur, même à son meilleur ami. Si c'était trop affreux pour qu'il en parle ? Je ne sais pas, je pense que c'était personnel, une femme, peut-être, qui sait ?

Oui, monsieur le Procureur, on disait que Carlinhos n'aimait pas les femmes, les gens disent n'importe quoi, mais il aurait très bien pu avoir une femme, hein, qui sait ? Bien sûr, si je l'avais su, je l'aurais transformée en chair à pâté, cette femme, monsieur le Procureur. Je vais être très franche — pardon, franc, j'oublie tout le temps. Je l'aimais, ça oui, vraiment. D'accord, vous n'êtes pas là pour écouter des confidences scabreuses, mais... Pourquoi m'avoir obligée à venir au tribunal ? Donc, il m'a raconté qu'ils avaient emmené Carlinhos, menottes aux poings — je crois qu'il a dit ça, je ne sais plus. Pourquoi, je dois m'en souvenir ? Comment ça, vous me l'ordonnez ? C'est une question de mémoire, monsieur le Procureur, je n'arrive pas à m'en souvenir, ça fait tellement longtemps, et tout s'est passé si vite, si confusément. Je crois qu'il a dit ça : qu'il y avait deux hommes. Bien sûr, je me suis sentie en danger. Après tout, je ne savais pas de quoi il était question, ni ce que Carlinhos avait bien pu faire... Tous ces voyages... Il disparaissait brusquement, pendant des semaines... C'était peut-être grave, qui sait ? Je me souviens qu'à cette époque on lisait dans les journaux des trucs sur l'Escadron de la Mort, tous les jours, il y avait une exécution, au moins, quelquefois, deux, trois, cinq... J'étais très attachée à Carlinhos, son meurtrier devait certainement penser que j'en savais trop. Oui, dès que l'Espagnol m'a avertie, j'ai tout de suite pensé qu'ils allaient le tuer. Monsieur le Procureur, les gens comme nous peuvent trouver la mort à tous les coins de rue, et personne n'en a rien à faire. Oui, je sais, monsieur le Procureur, mais ce que vous cherchez à prouver, c'est que Carlinhos a été tué par quelqu'un de bien particulier. C'est pour ça que vous accordez tant d'importance à sa mort. Sans quoi, on ne serait pas là, ni vous, ni moi.

Je me suis enfuie cette nuit-là. Oui, j'ai bouclé mes valises à toute vitesse, je suis allée jusqu'à l'Avenida Brasil, et j'ai été prise en stop par un camionneur. À une station-service. Il allait à Belo Horizonte, et il m'a prise pour une femme. Il a été un peu déçu pendant le parcours, ça lui en a bouché un coin. Il a fini par m'éjecter à mi-chemin, ma valise a suivi, et j'ai recommencé à faire du stop. De Belo Horizonte, je suis arrivée jusqu'à Governador Vladores. Je connaissais une femme, là-bas, qui faisait le trottoir dans le quartier chaud, et c'est elle qui m'a trouvé ce boulot dans ce cabaret.

...Vos activités artistiques ne nous intéressent pas. Que vous a dit Carlinhos la dernière fois que vous vous êtes parlé ?

C'était au téléphone. Il m'a dit : « ma chatte, je suis crevé, il faut que je dorme ». Oui, je vous l'ai déjà dit, il venait de rentrer de Sao Paulo, je crois. Et après... Pourquoi il n'habitait plus avec moi ? Parce qu'il avait des problèmes à Sao Paulo, une bêtise qu'il avait faite, il ne m'a jamais dit ce que c'était. Je crois, monsieur le Procureur, que ça avait à voir avec la bonne femme dont je vous ai parlé.

Non, je n'ironise pas, et je ne pense pas que ma façon de m'adresser à vous soit incorrecte. C'est *ma* façon de parler, mes amis aussi parlent comme ça. Monsieur le Procureur, c'est comme ça qu'on s'exprime dans notre milieu, vous savez, personne chez nous ne fréquente les tribunaux, sauf peut-être en tant que suspect, n'est-ce pas ? Voilà. Carlinhos devait être très, très, fatigué, parce que, en général, dès qu'il rentrait, il me demandait de venir. Mais ce jour-là, il voulait que je lui laisse quelques heures pour récupérer. Non, rien, dans ses propos ne laissait supposer qu'il avait peur, il parlait comme d'habitude, il était tendre, c'était un grand gosse, monsieur le Procureur. Non, je ne vais pas pleurer. Pleurer, ce n'est pas la solution, monsieur le Procureur, ça nous fait oublier qu'on peut se défendre autrement, pleurer, c'est bon pour ceux qui ont un repas qui les attend chez eux, qui ont quelqu'un dans leur vie pour les protéger. Pleurer, c'est un luxe qu'on ne peut pas s'autoriser... *Voulez-vous arrêter de noyer le poisson, s'il vous plaît ?*

Il me semble qu'il était comme d'habitude, je vous l'ai dit. Non, rien dans sa voix ne trahissait la peur. Et il ne m'a pas parlé de menaces. Mateus Romeiro ? Qui ne l'a pas connu, à la Lapa, ou dans la rue Prado Junior ? Oui, je l'ai rencontré, et j'avais peur de lui, c'était un flic, n'est-ce pas ? Et moi, je suis un travesti. Vous savez, monsieur le Procureur, la police m'a déjà piqué trente-sept perruques, vous imaginez ce que ça coûte ? Mais pas lui, pas monsieur Mateus. Il ne se serait pas abaissé à faire ça, vous le voyez en train de poursuivre un travesti ?... *un policier sérieux ?...* Oui, c'en était un, je crois, la presse le disait. Ne pas croire les journaux ? Mais comment ça, monsieur le Procureur ? Si, ils disent toujours la vérité. Enfin, moi, en tout cas, je les lis tout le temps, et je les crois.

Non, monsieur le Procureur. Des travellers ? J'en sais rien, moi. Bon, j'avoue, je faisais le trottoir. Il faut bien s'en sortir. Mais je n'ai jamais volé, je n'en avais pas besoin, on m'a toujours filé de quoi vivre. Carlinhos, voleur ? Écoutez, monsieur le Procureur, il a fait des mauvais coups, je peux le dire. Il est mort, mais il ne volait pas, il n'a jamais braqué personne, il n'a jamais fait de mal à personne.

En somme, vous niez avoir connu Mateus Romeiro ? Je vous ai déjà dit que je le connaissais. Plus que ça même. Je lui ai parlé quelquefois, avec beaucoup de respect. C'était un homme sérieux, je crois. Il avait du caractère, c'est vrai, mais il était assez bon en général. Il ne nous persécutait pas. Je ne suis pas venue ici pour prendre sa défense, évidemment, mais je ne suis pas venue non plus pour accabler qui que ce soit. Voilà, c'est ça : je ne demande qu'à vivre ma vie, vous l'avez dit, monsieur le Procureur. Tout ce que je fais, c'est pour une chose : survivre. Vous ne pouvez pas imaginer comme c'est dur de survivre, on finit par avoir l'impression d'être en sursis, que chaque coin de rue est un point de non-retour, on se fait tabasser partout, et souvent, on n'arrive même pas à comprendre pourquoi on nous tape dessus, qui nous en veut à ce point.

Apparemment, Mateus Romeiro était quelqu'un de bon et juste. Si c'était un voleur, un malfaiteur, moi, je n'en sais rien. S'il recrutait des femmes et des travestis pour l'affaire des travellers, c'est ce que vous dites, moi, je ne l'ai jamais su. Il ne m'a jamais parlé de ça, et mes amis ne m'ont jamais rien dit à ce sujet. Et qu'il soit l'assassin de Carlinhos, sincèrement, monsieur le Procureur, ça me paraît difficile. Pourquoi il aurait fait ça ? Ils ne se connaissaient même pas, je crois qu'ils ne se sont jamais croisés, ils n'avaient rien à faire ensemble.

Oui, il est mort. Personne ne peut dire le contraire. Mais, monsieur le Procureur, ils sont combien à mourir comme ça ? Vous ne croyez pas qu'il vaudrait mieux essayer de comprendre pourquoi tous ces gens meurent de la même façon, à poil, menottes aux poignets, au bord d'une route déserte ? Monsieur le Procureur, vous avez des titres ronflants et une vie tranquille — excusez mon langage —, vous ne pouvez sans doute pas imaginer la terreur qu'on peut ressentir en lisant dans les journaux que quelqu'un a encore été tué comme ça — Carlinhos ou un autre. Ça devient pratiquement une phobie, on est obsédé par l'idée qu'on pourrait être la prochaine victime.

...Niez-vous avoir fréquenté des lieux publics en compagnie de Mateus Romeiro ? Je n'ai jamais fréquenté les lieux

dont vous parlez, en tout cas jamais avec lui. Je vais être franche, monsieur le Procureur — pardonnez-moi encore —, franc, et peut-être un peu dur avec moi. Mais croyez-vous vraiment que quiconque — à part un paumé comme Carlinhos — aurait le courage de sortir avec moi, de s'exhiber avec moi dans ces lieux où on ne rencontre que des gens bien, je veux dire des gens comme vous, comme le juge — et ne croyez pas que j'essaye de vous flatter — et comme Mateus Romeiro, d'ailleurs. Il est inutile de tenter de créer un lien entre cet homme et moi, sur le seul prétexte que je mène une vie dissolue.

Monsieur le Procureur, je ne veux attaquer personne. Je suis ici pour me défendre... *Vous êtes ici parce que vous avez été convoqué...* Oui, pour ça aussi, parce qu'on m'a forcée à venir, parce qu'on m'a arrachée, sans raison, au lieu que j'avais choisi pour vivre. On ne m'a même pas laissé le temps de prévoir des vêtements plus discrets. Il fallait en plus qu'on m'humilie, qu'on m'impose la honte de me présenter dans cet accoutrement. Les couloirs pleins de monde, tous les regards braqués sur moi... Monsieur le Procureur, je n'aurais pas le culot de dire que je suis un citoyen. Après toutes ces années de frime et de magouillage, je ne sais plus vraiment qui je suis. Mais j'aimerais en tout cas qu'on ne me traite pas comme quelqu'un qui, de toute façon, doit finir en taule. Puisque vous, et les autres — les gens, assis dans la salle d'audience, ont un mouvement de recul, car le regard d'Eloina est si intense qu'il laisse clairement transparaître ce qu'elle ressent —, parlez si bien de justice, monsieur le Procureur, puisque je n'ai commis aucun crime, qu'il n'y aucune preuve à charge contre moi, puisqu'il est bien établi que je n'ai rien à voir avec Mateus Romeiro, qu'il n'y a malheureusement plus rien à faire pour ressusciter

Carlinhos, l'être que j'ai le plus aimé de ma vie, et pour qui j'aurais fait l'impossible, je demande à être relâchée.

...Donc, le témoin n'a plus rien à déclarer ? La vérité vous gêne, clame le procureur. Vous vous trouverez toujours confronté à ça. Je suis convaincu que, comme tous les autres témoins, vous nous cachez la vérité. De quoi avez-vous peur ?

Monsieur le Procureur, vous enlevez vos lunettes et vous me montrez du doigt. Qu'est-ce que vous attendez ? Que j'invente une histoire pour vous faire plaisir ? Qui vous permette de recueillir des informations pour élucider vos questions ? Monsieur le Procureur, il n'y a qu'une seule version de l'histoire qui me convienne, à moi : je n'ai rien à voir avec ces crimes, avec les vols de voitures, avec le trafic de drogue, avec les cadavres gisant au bord des routes, ces billets écrits avec du sang, ces menottes et ces fils de nylon. Pour moi, une seule chose compte : survivre à tout ça, et je lutte avec mes armes. Je ne suis jamais qu'Eloina, un pédé, une habile imitation de bonne femme, pleine de défauts inavouables... Un rien, un souffle léger qui effleure la nuque, une brise fraîche au petit matin, inconcevable, éphémère, je vis au jour le jour, et, qu'il pleuve ou qu'il vente, je sais bien que je serai encore persécutée, et je sais aussi que demain vous cesserez de faire semblant d'être à mon écoute, vous, monsieur le Procureur, et tous les autres... Les travelos comme moi, aveugles, sourdes et muettes en apparence, voient, entendent, et savent exactement ce qui les attend. Et qu'est-ce que vous voulez qu'on en fasse, nous, de la Loi et de l'Ordre, puisque notre monde à nous, c'est l'empire du Bordel, à tous les sens du terme ?

Un vent froid souffle dehors, l'aube se lève. Dans le bus qui l'emmène vers Rio, Eloina ferme les yeux, essaye de dormir. À côté d'elle, l'un des officiers de justice, visiblement ennuyé par sa mission — il n'a pas osé une seule fois regarder le pédé en face —, brûle cigarette sur cigarette. Dormir ? songe Eloina... et elle sent un sourire se dessiner sur ses lèvres serrées. Elle n'en a plus le droit, elle le sait. Il lui faudra rester éternellement éveillée si elle veut avoir encore une chance de vivre.

« J'ai attrapé des poissons, je pensais qu'ils crèveraient hors de l'eau, mais ils sont tellement visqueux qu'ils me glissent entre les mains. Ils m'échappent », pense le procureur, sentant venir l'heure où il devra faire face aux reporters, aux photographes de presse, et où il faudra encore trouver de nouvelles pirouettes pour justifier son échec. Personne, donc, n'accusera Mateus Romeiro ? Personne ne le dénoncera ? « Mais enfin, c'est un procès, songe-t-il, il y a des preuves, des évidences, il y a les dépositions du début, même si ces mêmes témoins se rétractent aujourd'hui, parce qu'ils ne craignent plus la violence des interrogatoires de police... » Un vrai héros, ce procureur : après les premiers moments d'euphorie, quand il se découvrait lui aussi à la une des journaux, il s'aperçoit soudain que, comme tous les héros, il a des pieds d'argile. Quelque chose lui échappe dans toute cette histoire. Quelque chose qui dépasse en force son désir de justice, voire la justice elle-même. Il voit s'entrouvrir la porte de la salle d'audience, Eloina s'y engouffrer, et un coup d'œil rapide lui suffit pour découvrir les photographes attroupés autour de cette étrange créature. Si, seulement une minute, il pouvait se sentir son égal, solidaire d'elle... Mais comment y parvenir, comment éprouver ce qu'il n'a jamais éprouvé ? Tout ce qu'il ressent, c'est une attirance morbide, qu'il refoule. Voilà ce qu'Eloina a éveillé en lui, c'est tout. Si seulement il pouvait la comprendre... Mais ils sont bien trop éloignés l'un de l'autre. « Monsieur le Procureur Rodolfo Aleixo », dit une voix qui le tire de sa rêverie. Oui, c'est à son tour d'aller braver ceux qui l'attendent là, dehors, et il faudra reconnaître, en répondant à leurs questions, qu'il n'y a rien de nouveau, qu'une fois de plus c'est une bataille perdue. Et il faudra tout de même leur donner encore de l'espoir, parce qu'il est allé trop loin maintenant pour se permettre de perdre. Pourquoi a-t-il accepté cette charge ? Il sait maintenant que ce n'est pas pour l'amour de la justice. Peut-être bien qu'Eloina vient de lui faire comprendre quelque chose : que la justice qu'il invoque ne les concerne en rien, eux, ces témoins, ces accusés, qu'elle reste étrangère à leurs sentiments les plus profonds, à leur manière si personnelle de voir les choses. Lui, ce qu'il veut, ce n'est pas faire justice, mais seulement gagner, recueillir les lauriers et les trophées de cette victoire.

En descendant l'un des escaliers du Palais de Justice, au milieu d'une foule de curieux, Eloina croise le regard glaçant d'Aguinaldo Ribeiro. L'espace d'un instant, furtivement. Puis, elle poursuit son chemin, avec la sensation précise de porter, gravé au fer rouge sur le front, le message de cet homme : *tu n'es qu'un pauvre diable, un mort en sursis, profite de tes derniers instants de vie.* Voilà ce qu'en silence, vient de lui dire Aguinaldo.

Aguinaldo Ribeiro, seul
III

Souvent, sa femme lui demandait — au temps où ils échangeaient encore des paroles — ce qu'il trouvait de si attirant dans ce lieu, si tard dans la nuit. La réponse, il préférait ne pas la donner. Ce qui nous poussait vers la brasserie Lamas, c'était un accord tacite, un pacte mystérieux : ensemble, autour d'une table, nous repoussions le moment où chacun d'entre nous allait se retrouver face à lui-même, plongé dans une profonde solitude. Dans la salle inondée de lumière, une aura d'amitié, de sympathie nous entourait. Nous pouvions nous libérer dans une fausse exaltation, repoussant ainsi le moment fatidique où nous devrions sortir, faire encore quelques pas ensemble, dans l'obscurité de la rue du Catete, avant de nous disperser, de rentrer à la maison, comme on dit. Et c'était à ce moment-là, comme les nuits précédentes et toutes celles qui suivraient, que chacun comprenait, dans son for intérieur, que la vie est trop insupportable pour être vécue, que nous étions tous immergés dans l'acide de la fausseté et du mensonge, parce que c'était le moyen le plus simple que nous avions trouvé pour gagner notre petite place au soleil. Et, le pire, c'est que nous devions, malgré notre lucidité, aller jusqu'au bout. Et voilà pourquoi, la nuit suivante, on se retrouvait encore au Lamas, et on recommençait à laisser jaillir de soi ces élans d'amitié, ces courants de sympathie, et cette exaltation, fausse, dont nous méconnaissions le véritable sens, terrifiant.

Maintenant que sa femme l'a laissé tomber, il n'y a plus personne pour lui poser des questions gênantes. Mais le Lamas, lui, comme il peut encore le constater dans ce matin à peine naissant, n'a pas changé. Près de sa table, des gens commentent les derniers rebondissements de l'affaire Mateus Romeiro, mais avec discrétion et déférence, à cause sans doute de sa présence à lui. La plupart de ceux qui passent la fin de la nuit à la brasserie Lamas le couvriraient certainement de malédictions, et le voueraient aux enfers, s'ils le pouvaient. Et cela fait sourire Aguinaldo Ribeiro, de penser que s'ils le pouvaient, et seulement dans ce cas, ils le feraient. Or, pour l'instant, on ne peut rien contre lui, même si tout le monde le sait coupable de tas de méfaits, qui, d'ailleurs, en cette fin de nuit, lui reviennent en mémoire, son esprit étant embrumé par l'alcool. Combien de whisky a-t-il déjà bu ? Il pense aux hommes que ses articles ont fait condamner, aux crimes qu'il a inventés de toutes pièces, aux mensonges livrés aux lecteurs comme la plus absolue vérité. Et les dizaines, les centaines d'omissions, les petits gestes de mesquinerie, les véritables intentions cachées sous cette apparente sincérité qui masquait ses écrits, ses actes, sous une aura d'honnête homme. Maintenant, le cercle se referme, et il tremble à l'idée des menaces qui vont l'assaillir, et auxquelles il ne saura comment résister.

Il a vu le regard d'Eloina à la sortie du tribunal. Quelques heures avant, il était allé en vain jusqu'à la prison où Mateus

Romeiro était en détention, pour essayer d'avoir un entretien avec lui. Dans les couloirs des commissariats où il peut circuler librement, courait une rumeur : Mateus allait mourir, on le tuerait, pour s'assurer de son silence au cours du procès. Quelques vieux flics, expérimentés mais qui ne recevaient de l'organisation que des miettes, ne pourraient lui pardonner d'en savoir trop et d'occuper, grâce à son audace, une position supérieure à la leur, dans cette perverse hiérarchie du crime. Et, dévorés par le dépit, ils devaient imaginer pour lui toute une gamme de morts abominables.

Un délinquant l'achèverait, par exemple, dans un couloir désert de la prison. Ils faisaient des prévisions, comme on jette des malédictions. Dans les vapeurs de l'alcool, en un éclair de flash, Aguinaldo voit la scène : Mateus Romeiro, avec sa dentition éclatante, la bouche entrouverte dans un ultime rictus, la barbe ensanglantée, et, autour de lui, des experts en train d'examiner le corps, puis de pratiquer une autopsie, experts qui recevraient eux aussi une commission, par les voies clandestines de l'organisation, qui, pour le moment, se tient à carreau et agit en douce. Ils seraient payés pour témoigner, faire de fausses déclarations : une bagarre, oui, Mateus n'a pas eu de chance, c'est lui qui a tout pris... Oui, il aurait certainement une arme à la main, un poignard intact, et, dans un quelconque commissariat de quartier, un délinquant signerait des aveux : « ...je l'ai tué... Mais c'était un truand, non ? Comme moi. » Mateus Romeiro, mort ? Non, pour le moment, il ne s'agit que d'un cauchemar, provoqué par le whisky, dans l'opacité de la solitude, au beau milieu du Lamas bourré de monde, à cette heure tardive.

Dans le regard d'Eloina, à la sortie du tribunal, il a vu s'imprimer la peur, et la foule des curieux, qui s'y reflétait, aurait pu lire le message : nous sommes nés perdants. Voilà ce que l'on pouvait lire dans le regard de cette étonnante créature, dont tous les sens étaient tendus vers un but unique, aspirés par un jeu primitif et malsain : la survie.

Cet après-midi, avant de sortir, Aguinaldo a rangé ses tiroirs. Il a déchiré des papiers, des notes, des documents compromettants, des photos, des petits avertissements griffonnés. Il a tenté ainsi, compulsivement, de se délivrer d'une partie de sa vie particulièrement glauque. En vain : un document a échappé à ce nettoyage. Il s'agit de la lettre rédigée par Arnobio Fontana, puis signée et adressée à Mateus par ses soins. Elle est actuellement entre les mains du procureur, celui-ci l'utilisera en temps voulu. Et c'est alors que la complicité d'Aguinaldo dans certaines affaires illégales, voire criminelles, sera mise au grand jour. Oui. La manière dont il présentait certaines informations dans la *Gazeta*, les chroniques signées de sa plume, dans lesquelles il prenait la défense de Mateus pour en faire un héros — tous ces éléments allaient causer sa perte, et, irrémédiablement, il serait impliqué. Mais de quoi l'accusera-t-on ? Que dira contre lui ce procureur avide de gloire ? Il y a deux aspects dans l'histoire. D'une certaine manière, on peut dire que la vérité ne sera jamais révélée. Mateus est derrière les barreaux, le procès suit son cours, les témoins défilent à la barre, les uns démentant les dépositions des autres, en utilisant pour argument les mauvais traitements subis dans les commissariats lors des premiers interrogatoires, et un certain nombre de malentendus. Benito Hernandez, Eloina, ont un même objectif, caché, et ils s'y accrochent, parce qu'ils ont peur — oui, c'est la peur qui les anime — d'y perdre leur vie : éviter à tout prix d'incriminer Mateus Romeiro.

Mais soudain, un doute lui traverse l'esprit : l'organisation a-t-elle vraiment le même objectif ? Son intérêt ne serait-il pas plutôt qu'une certaine vérité éclate au grand jour, que Mateus Romeiro s'englue dans les crimes qu'il a commis, qu'il apparaisse, au cours de ses mises en examen, comme un cas particulier, le type même du mauvais flic, de criminel à châtier de façon exemplaire ? Et s'il en est ainsi, Aguinaldo Ribeiro, lui, ne sera-t-il pas dénoncé comme le type même du journaliste corrompu, ne sera-t-il pas suspecté et pris dans les filets de la justice ? Qu'adviendra-t-il alors de lui ?

— J'ai ma vie, je ne dépends de personne.

C'est l'écho de sa propre voix qu'il entend résonner, surpris, dans le brusque silence qui s'est étendu dans l'espace de la salle. Qu'attendent-ils de lui ? Un aveu ? C'est cela ? Dans ce bar plein à craquer, au petit matin, s'attendent-ils tous à ce qu'il révèle ses secrets, énumère ses fautes et les expie ?

— Pourquoi ce silence ? demande-t-il, et la rumeur des voix se lève à nouveau, des voix vives, nettes, mordantes venant du fond de la salle, et d'autres, en sourdine, exprimant une sollicitude dont il préfèrerait se passer.

—Vous voulez ma déchéance, n'est-ce pas ?

Il porte brusquement son verre à ses lèvres, et il découvre, épouvanté, qu'il est seul, complètement seul, qu'il n'y a plus personne maintenant, aucune compagnie qui puisse le tirer de la profonde solitude des âmes perdues. Et tout ça parce qu'il s'est refusé, au moment où il l'aurait fallu, à dire « l'exacte vérité », enfin, celle que tout le monde attendait, celle qui console, qui tranquillise, un doux mensonge de plus.

Oui, il a appris ça aussi, pendant toutes ces années, que la mission d'un quotidien ce n'est jamais de dire la vérité, mais bien de créer de toutes pièces des vérités qui provoqueront la panique, la haine, la frustration, ou inciteront à l'euphorie, à l'ambition, à l'espoir, ou tout cela à la fois — selon les directives données par les propriétaires des sociétés de presse nationales. Chaque phrase, chaque photo étant mise en page avec un objectif bien déterminé : émouvoir, faire rire ou pleurer, faire trembler de peur les opprimés, informer les privilégiés grâce à des codes particuliers de ce qu'ils ont à craindre, et de certaines prévisions de faits. Le journal, en fait, n'a qu'une raison d'être : apporter sa contribution à l'épanouissement du pouvoir, puisque le journal en dépend, dépend de ces puissants qui peuvent acheter, payer.

Et si ce journal arrive tous les jours dans les kiosques, c'est en grande partie par le truchement d'un nœud inextricable d'intérêts commerciaux. Il ne reste plus pour les innocents, tenus à l'écart des mystères qui entourent la préparation des manchettes du journal, ignorants des humeurs et des prétentions des magnats de l'information, qu'à croire, en les feuilletant une à une, les propos contenus dans ces pages, et à se laisser convaincre que le monde qui y est décrit est réellement celui dans lequel ils vivent.

Voilà ce qu'Aguinaldo a appris durant toutes ces années, et ce fut un coup fatal porté aux idéaux du jeune homme qu'il était encore. Dans ce métier, aucune espèce de dignité, mais seulement des intérêts sordides, mesquins, auxquels tous les journalistes se trouvent plus ou moins mêlés, et se plient. Mais il est vrai qu'il a abandonné aussi les sentiments et les pensées contradictoires que cela produisait en lui, et qu'il ne s'en soucie plus. Car, maintenant, il fait partie de ceux qui participent, en usant de mensonges misérables, à l'élaboration de ce monde illusoire qui cherche vainement à masquer les grandes crises.

Sans doute n'est-il, dans ce kaléidoscope, qu'une figure de plus. Oui, parce que, pendant toutes ces années, il n'a cessé de se convaincre que les choses étaient ainsi faites, et qu'au fond, ce n'était pas si mal, puisqu'il s'enrichissait — il avait acquis une maison de campagne, changeait de voiture tous les ans, il avait un appartement sur la plage, des actions et des placements en banque. L'argent était venu plus facilement, une fois qu'il s'était débarrassé de ses idéaux et de ses sentiments. Mais il avait toujours connu des moments comme celui-ci, où tout ressurgissait brusquement, où il sentait à nouveau vibrer en lui sa pensée et son cœur, comme à l'âge de dix-huit ans. Bien sûr, il avait conscience d'être une crapule, et il savait qu'il avait souvent vendu son âme, quand il avait bu. Mais, après la gueule de bois, il se réveillait comme avant. Pourtant, une image de son passé persiste et l'obsède, il ne peut pas l'effacer de sa mémoire : quand il avait douze ans, il était sorti devant sa maison, située dans une petite rue d'une ville de province, et il pleuvait. De la véranda, il avait contemplé les arbres, il avait écouté les doux accords d'une musique s'échappant d'une maison voisine. Il avait respiré le parfum suave de la terre mouillée, avait observé les feuilles immobiles sous la pluie, comme pour mieux l'absorber. Douze ans... Comme il se trompait alors, en pensant que le monde entier se résumait au spectacle de cette rue agréable par une après-midi pluvieuse, tiédie par les bons sentiments dans la paix sereine de cinq heures du soir. Mais tout ça, c'est fini, il s'en souvient en regardant fixement son verre, à travers lequel il observe les visages, déformés, des autres, solitaires comme lui. Des journalistes, des bons à rien, des artistes, des bohèmes, qui, à quatre heures du matin, emplissent la brasserie Lamas. À douze ans, on rêve d'un monde. À dix-huit ans, on veut changer le monde. À la trentaine, tout ce qu'on désire — c'est Mateus qui lui avait dit ça un jour — c'est d'arracher pour soi une petite parcelle de ce monde, même infime, de s'emparer d'un petit bout de territoire pour y planter un lambeau de fanion, au pied duquel on pourra évacuer l'eau polluée de ses regrets.

Oui, il avait vu le regard d'Eloina, tout comme, l'autre fois, il avait respiré l'haleine fétide de Benito Hernandez. Et plus il s'en souvient, plus il veut les fuir. Je ne suis pas comme eux, se dit-il, je ne peux pas être comme eux, il y a entre nous une différence fondamentale. C'est que lui ne donne pas de prise à la peur, lui, il sait, même si c'est dans le tourment et l'instabilité, lui tenir tête. Et puis il ne se laisse pas manipuler par les autres... Mais cela, est-ce bien certain ? Souvent, et souvent quand il a bu, et qu'il se penche dangereusement sur le gouffre de sa lucidité, il se met à penser, sous l'effet des vapeurs volatiles émanant de cette faille obscure, que d'une certaine façon on l'utilise, qu'il est manipulé comme Eloina et Hernandez, qu'il est, lui aussi, à la merci des caprices d'un ponte de l'organisation. L'organisation... Il n'y a pas d'organisation, il l'a toujours su. Ce qui existe, c'est la légitimisation du crime. Ce qui les dirige, tous, ce qui les motive, c'est un principe très simple : nous sommes tous criminels, il le faut, et certains plus que d'autres, selon les circonstances de la vie.

Mais il a trop bu pour réussir à suivre le fil de sa pensée. Il craint la vérité, parce qu'il sait bien qu'elle brûle. Et elle rend aveugle celui qui la regarde en face sans méfiance, et ensuite, il ne sera plus jamais le même. Non, mieux vaut regarder le monde à travers les brumes du whisky, mieux vaut se perdre dans l'aube ouatée de ce bar, parmi les visages angoissés de ceux qui, comme lui, sont noyés dans des problèmes insolubles. Oui, comme lui, ceux qui viennent ici s'entasser tentent d'échapper à cette mystérieuse organisation qui les a capturés, engloutis, à un moment donné de leur vie, et qui, maintenant, se refuse à les laisser en paix, car ils ont tous, même exceptionnellement, dû jouer un sale rôle.

— Il faut que je sorte d'ici, murmure-t-il, en attirant une fois encore l'attention de ses voisins. Et, pour se justifier, il dit :

— Je dois me lever tôt.

En disant ça, d'une main maladroite, que l'alcool a rendue plus lourde encore, il heurte son verre, le renverse, et les garçons accourent et l'entourent. C'est alors que, dans l'agitation qui suit l'événement, on entend, du fond de la salle, s'élever la sentence :

— Pauvre Aguinaldo Ribeiro... Il est fichu.

Donc, c'est comme ça qu'ils le considèrent. Avec haine ou avec pitié, mais en tout cas, comme un être fini, banni. Ah, c'est ça, l'avenir qu'ils lui attribuent ? Eh bien, ils verront. Il n'est pas aussi abattu qu'ils le prétendent, il possède encore quelques atouts, quelques secrets qu'il pourra, à son heure, vendre au prix fort. Et comme ça, il se tirera sûrement d'affaire. Dans un dernier effort, sans adresser un regard à ceux qui l'entourent, il glisse une main dans sa poche et extrait de son portefeuille quelques billets, qu'il jette sur la table. Puis, il se lève, traverse sans tituber l'interminable salle qui s'étire en longueur avec l'impression de traverser un couloir de tables et de visages. Quelque chose résiste en lui. Ce serait trop facile de se laisser aller, de s'écrouler et de vomir entre les tables, de faire du cinéma, mais non. Il doit, dans ce moment d'apparente défaite, faire preuve d'un sentiment de dignité dont il n'aurait jamais pensé avoir besoin.

— Je suis encore vivant. Je bouge encore.

Et c'est comme ça, en luttant contre lui-même et la tête haute, qu'il regagne la rue. La fraîcheur vive de l'aube est salvatrice : comme une gifle douce sur le visage, le vent lui donne envie de se ressaisir. À coup sûr, de l'intérieur de la brasserie, tous les gens l'observent. Il s'enfonce dans les derniers lambeaux de la nuit, et se dirige vers l'arbre le plus proche. Enfin libéré de tous ces regards, de leur pitié, de leur haine, lavé de tous ses péchés — déjà, plus rien n'existe pour lui que cet instant présent —, il se plie en deux, l'estomac retourné, puis, ayant appuyé une main sur le tronc ridé de l'arbre, il enfonce deux doigts de l'autre main au fond de sa gorge. Et dans des spasmes et des gémissements, douloureusement, il dégueule.

Mémoires de Regina Leitao

Mon cher journal !... Je sais que tu vas me détester d'avoir inscrit ces trois mots totalement niais sur tes pages blanches. Quand j'ai décidé de coucher mes impressions là-dessus, je me suis promis, et tu en es témoin, de ne jamais te considérer de cette manière, à peine digne d'une gamine provinciale. Mais, mon cher journal, c'est un peu comme ça que je me vois depuis la fin de cette incroyable aventure. Comme une petite provinciale pudique, qui, partagée entre plaisir et frayeur, sent s'élever une tempête au fond de sa petite culotte. Oui, tu es mon confident, je peux te l'avouer, j'en ai vu des vertes et des pas mûres, et j'en suis sortie non sans y laisser quelques plumes. Figure-toi qu'hier soir, un malabar de la police fédérale a demandé à t'examiner, il m'a demandé d'une voix gueularde : « Qu'est-ce qu'il y a d'écrit là-dedans ? » Et moi, je lui ai répondu, pour lui faire comprendre à qui il avait affaire : « Oh, rien, Inspecteur, juste quelques impressions de voyage. Vous savez, je passe tellement de temps à l'étranger, je connais tellement de monde, je visite tellement d'endroits réputés, que je finis par tout mélanger. Alors, j'ai découvert un beau jour qu'en prenant des notes, on retient mieux ce qu'on a vu. Eh bien, voilà, ce cahier sert à ça. Tu te rends compte, mon cher, j'ai dû te réduire à ça, toi qui sais tout de moi, ou en tout cas qui contiens des secrets susceptibles de me faire jeter sur la paille d'un cachot. Il m'a crue, évidemment, et il ne t'a même pas ouvert. J'ai soufflé. Quand on a de la classe, on obtient ce qu'on veut. Et tu vois, j'avais raison, ce matin, on m'a relâchée et Mateus, le pauvre, il est resté en taule.

Le jour de leur rencontre, il l'avait traitée de putain. Elle avait passé la journée à courir sur des passerelles, devant les chutes, passant d'un point de vue à l'autre. Ses cheveux blonds étaient trempés, et elle avait traité mille fois d'enculé le cinéaste qu'elle avait, pour son malheur, connu à Rio, et qui avait voulu l'emmener à Foz de Iguaçu en lui promettant vaguement de faire d'elle la vedette de son court métrage. Pendant cette épreuve, qui consistait à se tenir en équilibre sur des ponts branlants, à défiler dans des poses alanguies au bord de la piscine de l'hôtel qui était saturée de chlore, ou à faire semblant d'acheter une horrible veste paraguayenne en laine, elle avait pu remarquer plus d'une fois ce type silencieux, énigmatique, qui se cachait derrière une barbe plutôt blonde, à première vue pas un innocent. À la nuit tombante, elle s'était bagarrée avec le cinéaste, elle avait obtenu qu'il lui foute la paix, et elle se préparait à passer la frontière pour se rendre au casino quand, dans la pénombre de la terrasse de l'hôtel, elle avait aperçu de nouveau ce type. Et ce qu'il lui avait dit alors l'avait remplie de joie et de crainte. Il avait dit, assez fort pour qu'elle l'entende, ses lèvres s'entrouvrant sur la blancheur éclatante de ses dents, il avait seulement dit : « T'es une putain. » Et elle avait frissonné. Elle avait hésité un instant, et s'était avancée vers lui.

« Putain », avait-il répété, avant de la prendre dans ses

bras. Et puis encore, « putain », et encore, et encore, en lui mordillant l'oreille... Et quelques minutes après, ils regagnaient la chambre d'où elle venait d'expulser le cinéaste. Au moment de jouir, il l'avait giflée et avait crié mille fois « putain », tout en lui arrachant les cheveux avec ses dents.

À partir de ce moment-là, Regina Leitao do Nascimento e Costa ne trouverait plus jamais la paix. Il était écrit qu'il l'humilierait, qu'il l'emmènerait partout, n'importe où, qu'il la ferait dormir dans un hôtel plein de puces à Curuzu Cutia, en Argentine, où ils avaient dû dormir séparément, les chambres étant trop étroites pour loger deux personnes. Il était écrit aussi qu'au long de ses nuits d'insomnie où elle maudissait la vie, désespérée et incapable d'aimer à cause de doses excessives de cocaïne, elle ne trouverait plus l'apaisement en l'entendant prononcer ce mot, « puta », qui exerçait sur elle un étrange pouvoir, qui l'attirait dans une direction que son nom et la tradition de sa famille lui interdisaient de prendre. Regina Leitao do Nascimento e Costa, cette fille qu'il avait jetée sur les cailloux, au bord d'une route déserte d'Argentine qui conduisait à Uruguayana, au Brésil. Cette fille qui avait dû marcher, les pieds nus, pendant des kilomètres, dans un vent glacé, parce qu'elle avait seulement osé le traiter de canaille. Un mot malpropre dans la bouche d'une jeune fille de bonne famille comme elle, avait-il commenté par la suite. Elle voulait le détruire, oui, et elle savait que lui aussi pouvait la détruire, qu'il ferait d'elle une ruine si elle ne l'abandonnait pas à temps, ou si elle ne le dominait pas à son tour. Mais il n'était pas question de l'abandonner — comment se séparer de ces yeux, de cette voix. Il lui faudrait donc l'abattre, elle se le promettait, incessamment.

— Je vais où tu vas, Mateus. C'est ce qu'elle lui avait dit, quand il l'avait invitée à faire un voyage à Asuncion, au Paraguay.

Le martyre commençait.

En fait, pendant tout le temps de leur séjour à Foz do Iguaçu, et en dépit de tous leurs échanges amoureux — *est-ce le mot qui convient pour désigner une telle violence, mon amour ?* — ils n'avaient pas réussi tous les deux à se débarrasser de la carapace froide et solide qu'ils masquaient sous leur peau douce. Ainsi, se protégeant l'un de l'autre, ils n'avaient pas pénétré leurs âmes. Mateus Romeiro avait découvert en Regina un ennemi féroce, et elle le sentait. Et, en exil, il avait décidé de la pousser à bout, ou pire encore, de la détruire. Quant à elle, elle voyait bien qu'au milieu de toutes ces vicissitudes, elle pourrait très bien trouver la défaite.

Ils étaient partis. Et, petit à petit, elle comprit à qui elle avait affaire. Elle ne savait rien de lui, elle se trouvait en Europe pendant qu'il faisait la une des journaux. Mais certains épisodes de sa vie, qu'il lui confiait, lui paraissaient un peu trop lugubres. Il lui racontait comment il avait tué cinq hommes, qu'à chaque fois, ça le faisait bander, et il lui parlait de l'horreur qu'il lisait sur le visage de ses victimes au moment où elles s'en rendaient compte. « La dernière chose qu'ils voyaient, avant de se retrouver en enfer, disait-il, sans dérision, mais plutôt avec solennité, c'était ma bite. » Mateus Romeiro racontait ses crimes avec gravité. Ils y passaient des nuits entières, lui parlant, elle l'écoutant sans rien dire. C'est alors qu'ils commencèrent à s'opposer, sans toutefois aller trop loin pour ne pas blesser l'autre — il avait encore un peu peur d'elle.

Tout s'est déclenché quand Mateus l'a invitée à partir avec lui. Elle a accepté en sachant que ce serait le début d'une vraie confrontation. À Asuncion, il a tenté de la faire coucher avec une putain, mais elle ne s'est pas laissé impressionner. Elle s'est précipitée sur la pauvre fille avec une telle violence que celle-ci s'est effondrée en larmes, humiliée, et a refusé l'argent qu'il lui avait offert. Puis, Regina a dû coucher avec un portier d'hôtel, tandis que Mateus faisait semblant de dormir dans le lit d'à côté. L'affrontement commençait. Au cours des semaines suivantes, même si elle dut subir tyrannies et humiliations de toutes sortes — certainement intolérables pour d'autres femmes —, même si elle eut à faire des kilomètres pieds nus sur une route déserte, elle continua à nourrir un secret espoir : si elle tenait le coup, elle en sortirait gagnante.

Pendant leur séjour hors du Brésil, il l'envoya quatre fois à Rio pour ses affaires. C'était du moins le prétexte qu'il donnait pour justifier ces voyages, et elle revenait avec les sommes réclamées aux amis. Mais derrière cela, il y avait une tout autre raison, trop inavouable pour qu'il puisse en parler ouvertement : par perversité, il aurait voulu qu'elle le trahisse, qu'elle ne revienne pas, qu'elle le rejette dans sa solitude, le laisse crever dans sa méchanceté, pour se sentir libéré d'elle et libéré aussi du désir de la détruire, de la marquer à vie. Mais Regina, qui savait qu'il n'attendait que cette trahison, lui restait fidèle, et les lettres que les amis envoyaient du Brésil à Mateus ne laissaient aucun doute à ce sujet. Pour le servir, elle était allée au devant des *bicheiros* les plus louches, elle avait eu des conversations avec des journalistes sordides, elle avait dû convaincre des flics pourris pour réduire leur hésitation à soutenir encore Mateus, et elle s'en était toujours si bien sortie que son retour était systématiquement suivi d'une trêve, pendant laquelle il la laissait en paix. Peut-être pensait-il au fond qu'elle était la meilleure des femmes, ou, tout au moins, celle qui lui convenait le mieux.

Mais la trêve ne durait pas. Il n'y avait entre eux aucune place pour les bons sentiments. Et tandis qu'ils voyageaient en tournant en rond, elle aiguisait ses armes. Dans les rares moments où, exténués tous les deux, ils s'accordaient un cessez-le-feu, elle racontait ce qu'elle avait fait à Rio. Elle évoquait ses amis à lui, rapportait des nouvelles, les dernières, relevées dans les journaux, et elle parlait du soleil. Elle faisait en sorte que ses mots émeuvent Mateus, et cherchait à démontrer combien il était dangereux de rôder ainsi près des frontières. « Tu es sûr que si tu rentres, ils vont te flinguer ? » demandait-elle. « Je suis déjà rentré au Brésil plusieurs fois, et il ne m'est rien arrivé » répondait-il. Elle changeait alors de sujet, elle l'entourait d'attentions, le câlinait, ne le lâchait plus, juste le temps d'une trêve, avant qu'il ne recommence à l'agresser — et il fallait voir ce que ce pervers était capable d'inventer. Elle saignait, suait, grinçait des dents, et dans l'obscurité, une seule lueur brillait sous ses paupières closes : le désir de mort, la soif de vengeance.

Jusqu'à ce qu'un beau matin, à Santa Fé, en Argentine, il lui demande, « Tu ne crois pas que je pourrais rentrer ? » Elle répondit que non, qu'au Brésil trop de gens voulaient sa peau, et qu'il valait mieux rester exilé, mais en vie. « Demain, on passe la frontière », avait-il alors annoncé. À quoi elle s'était contentée de répondre par un silence sceptique.

Journal : il pleut. Je suis enfermée dans la salle de bains. Mateus Romeiro est en train de dormir, on vient de baiser. Tu sais ce que ça veut dire, baiser avec lui ? Mobilise toute ton imagination, et tu ne parviendras à te faire qu'une petite idée. Il fait très froid, l'hôtel n'est pas chauffé. On est en mars, et quand je me penche par la fenêtre, je peux apercevoir le Rio Parana, comme un long serpent énorme, qui s'étire au loin entre les jardins. Hier, on a déjeuné dans un restaurant qui donne sur le fleuve, c'était plein de touristes brésiliens, Mateus leur a dit bonjour. Sans que Mateus puisse m'entendre, j'ai dit à l'un d'eux « on rentre ». Et le touriste, à la sortie du restaurant, m'a fait un clin d'œil et a murmuré : « On se retrouve à Rio. » Je me suis contentée de sourire. Journal, je suis fatiguée. Mais je sais que ce n'est qu'un défi de plus. Tu me connais, ce n'est pas trop mon style de me débiner, je sais qu'un jour je serai fichue, mais je ne pense pas que ce soit pour cette fois. Demain, on va passer la frontière, il vient de me l'annoncer. Moi, je l'accompagnerai jusqu'au bout, je subirai en silence toutes les humiliations qu'il m'imposera, et finalement, je lui prouverai que, quand on a de la classe, on ne se laisse pas détruire. Je ne m'esquiverai pas, je l'ai déjà dit. Cette fois-ci encore, j'en sortirai la tête haute.

Ils ont franchi la frontière à l'aube. Posos de los Libres, Uruguayana. Du côté brésilien, un militaire leur a demandé d'ouvrir leurs valises, et il a montré un vif intérêt pour le livre qu'elle avait sur les genoux : *Libro de Manuel*. Il a épelé le nom de l'auteur, J-U-L-I-O-C-O-R-T-A-Z-A-R, et il l'a interrogée du regard. Mateus était en train de distraire un autre militaire, et Regina n'a pu se retenir : elle a pointé le bout de sa langue rose vif, et le type a frémi. Peu après, ils arrivaient à Uruguayana, devant la porte d'un café, c'était dimanche, et quelques jeunes garçons, assis au comptoir, semblaient revenir d'une virée nocturne. Certains étaient somnolents, prêts à s'endormir. Elle ne voulut pas descendre de voiture, et se contenta de les observer à travers la vitre, et elle a senti monter une petite bouffée d'angoisse. Et si, sans son intervention à elle, il se faisait prendre ? Et si cela arrivait avant qu'elle le dénonce, avant qu'elle ait le temps d'organiser sa victoire ? Elle respira à fond en le voyant revenir, il fallait qu'elle le protège jusqu'à ce que sonne la dernière heure. Oui, elle venait de s'apercevoir, en le voyant revenir, qu'étrangement, elle l'aimait. C'était ça, l'amour : ce besoin de détruire, d'anéantir, voilà ce qu'elle ressentait pour lui, et c'était fort. Elle triompherait une fois pour toutes si elle remettait elle-même Mateus à la police. Et elle garderait des souvenirs, preuves irréfutables de cet amour : les humiliations qu'ils s'étaient infligées l'un à l'autre.

En parcourant les six cents kilomètres qui les séparaient de Porto Alegre, Mateus resta bizarrement plongé dans le silence. Se méfiait-il d'elle ? Avait-il senti, d'une façon ou d'une autre, qu'elle allait lui porter un coup fatal ? Non, ce qu'il ressentait était très vague, et ça n'avait rien à voir avec elle. C'était plutôt le sentiment que son véritable exil était en train de commencer, alors qu'il rentrait au Brésil. Avant, il y avait la frontière, et ses pensées s'orientaient toujours vers un espoir secret. « Un jour, j'y retournerai, et pour toujours », se disait-il. Et maintenant, ça y était. Et il y avait bien des gens qui souhaitaient son arrestation, des groupes de revanchards sans cesse sur le qui-vive. Ça faisait longtemps qu'il ne s'était plus senti sur cette limite, dangereuse, instable, qui sépare la routine de l'aventure. Sans le vouloir, il avait parcouru les deux territoires, mais il était certain qu'il ne pourrait plus faire marche arrière. La femme qui était à ses côtés en était la vivante preuve. Il lui faudrait déjouer ses plans, avoir le dessus, il le savait.

Et c'était certainement là la raison de son silence au cours de cet interminable voyage. Nous sommes arrivés à Porto Alegre à la nuit tombante, et maintenant, de nouveau enfermée dans la salle de bains d'un hôtel, j'écris mes impressions. N'aie pas peur, il ne se donnera jamais la peine de te lire, bien qu'il sache que je tiens un journal. Mais ce que j'annote ne l'intéresse pas, Mais ce que j'écris ne l'intéresse pas. Il ne s'intéresse qu'à mes réactions quand il me provoque. Il sait pourtant que j'écris à son propos, mais il ne veut pas savoir quoi. Sois donc tranquille. L'aventure touche à sa fin, il ne nous reste que très peu de temps, et nous sommes tous les deux armés jusqu'aux dents. Qui emportera la victoire, cher journal ? Attends, on va voir.

Cette nuit-là, il ne la toucha pas. Le lendemain, il sortit de très bonne heure pour ne rentrer qu'en début de soirée. Ils dînèrent ensemble, dormirent tranquillement, et le lendemain, quand ils se réveillèrent, elle avait presque tout pardonné. C'était leur première trêve de deux jours. Mateus avait changé. Mais, ce soir-là, il décida qu'ils iraient en boîte, et il lui demanda de mettre les vêtements qui la dénudaient le plus. Il voulait l'exhiber aux yeux de tous. Il faisait déjà nuit noire, quand Regina lui annonça qu'elle descendait acheter du vernis à ongles. Dans les minutes qui suivirent, le hasard lui permit de réaliser ses plans. Il y avait un téléphone dans la pharmacie où elle s'était rendue et elle connaissait par cœur le numéro à appeler. Elle fit ce numéro, attendit qu'on lui réponde, et dit :

— Ça vous intéresserait d'arrêter Mateus Romeiro, le flic recherché ?

En sortant de la pharmacie, elle sentit un vent tiède lui frôler la joue. Elle avait dans les mains le petit flacon de vernis. Elle dut sûrement, dans cet instant, croiser quelqu'un qui la dévisagea et la trouva belle, extrêmement belle même, mais elle n'y prêta aucune attention. Elle traversa la rue, entra dans l'hôtel, prit l'ascenseur, et, quand elle arriva devant la porte de leur chambre, elle était déjà complètement nue. Sur l'une de ses épaules, elle portait encore la trace des morsures qu'il lui avait faites à Santa Fé, Argentine. « Je veux que tu m'aimes », dit-elle alors, en le voyant allongé sur le lit, dans la pénombre de la pièce. Il était nu lui aussi, et elle le vit. « Que tu m'aimes, tout de suite. » Et, tremblante, frissonnant de peur comme la gamine qu'elle était d'ailleurs, elle se coucha près de lui pour la dernière fois.

Interview de Marlene Graça

IV

C'est alors que Mateus Romeiro a définitivement cessé d'influencer ma vie. Dit comme ça, on pourrait croire que son influence sur moi a cessé d'un seul coup, brusquement. Mais non, il a fallu quatre ans, et j'en ai bavé. Mon fils a quatre ans maintenant, et il n'a pas souvent vu son père. Mais, même si c'est une erreur de ma part, je ne peux pas le cacher. Toutes les fois que Mateus est passé à Rio clandestinement, il a vu son gosse, je ne l'en ai pas empêché. C'est comme si, toute seule, je m'étais enfoncée dans un terrible cauchemar et que je vienne seulement de me réveiller, complètement différente, que je renaisse après avoir passé des tas d'épreuves. Pendant tout ce temps, les choses ont drôlement changé, bien entendu, et moi, je n'ai pas pu reprendre ma vie au point où je l'avais laissée quand j'ai connu ce type. Mais je me suis débrouillée, et au fond pas si mal. Enfin, je trouve. Vous avez vu mon film ? La critique était unanime : je suis divine. À partir de ça, je peux repartir sur de nouvelles bases. Je crois que tout ça, c'est la maturité, non ? J'ai des contacts, tout le monde me veut, le théâtre, le cinéma, la télé. Et Mateus est en taule.

Vous dites qu'il s'est fait prendre, oui, pour moi, c'est un choc. Vous pensez qu'ils vont me convoquer, qu'ils vont vouloir entendre mon témoignage ? Mais qu'est-ce que j'aurai à leur dire, moi ? Tout ce que je pourrai raconter a déjà été publié dans la presse. Et puis pourquoi tout ce tralala, ces déclarations pompeuses du juge, du procureur ? Je sais qu'il échappera quand même à tout ça, j'ai un pressentiment. S'enfuir, non, je ne pense pas que ce soit encore possible, ses amis de la police ne peuvent plus l'aider. Mais je crois que Mateus, d'une façon ou d'une autre, passera les obstacles. Je veux dire que ce n'est pas la justice comme elle est qui pourra vraiment lui faire payer son tribut à la société. Tout est tellement subjectif, crime, châtiment, bon, je ne sais pas comment dire, mais, regardez, Mateus était flic, et maintenant, on l'accuse d'avoir tué des malfaiteurs. S'il les a tués, a-t-il eu vraiment tort ? Il était payé pour ça, non ? Et s'il y avait des raisons pour qu'il ne le fasse pas, qui le prouvera ? Tous ces témoins qui sont passés à la barre et qui se sont dédits, qui ont nié ce qu'ils ont déclaré auparavant, est-ce qu'ils mentent ? Si Mateus, un flic, est accusé de nous avoir débarrassés de malfaiteurs, pourquoi ne pas accuser les autres flics d'avoir forgé des faux témoignages ? Pourquoi ne pas les citer eux aussi ?

Il est cinq heures du soir. Dans le petit appartement de Marlene Graça, le soleil entre par la fenêtre et éclaire le salon. Le visage de l'actrice, transfiguré, exprime le Doute, le Malentendu, qui font probablement partie de sa vie. Moi, Carlos Jurandir Monteiro Lopes, reporter à la revue Olhe, *je l'écoute et m'étonne. Il y a de la sagesse en elle. Je vois bien aussi qu'elle a bavardé toute la journée sans rien m'apprendre de nouveau. Et que même ses interrogations personnelles semblent vagues, dissimulées, et que le bouclier de mensonges et de faux-fuyants derrière lequel elle s'abrite demeure intact. On m'a envoyé l'interviewer parce que la revue a l'intention de dresser un vaste portrait de Mateus Romeiro. (Ils avaient même déjà trouvé le titre quand je suis sorti de la rédaction : Portrait d'un parfait criminel.) Avant de venir, j'avais examiné des papiers, des documents, toute l'histoire de ce jugement trouble et de ces crimes mal élucidés qui l'ont précédé. On se croirait dans un cauchemar, a dit Marlene Graça, comme si elle revenait en arrière. Curieusement, elle ne distingue pas le vrai du faux, elle ne voit que ce qu'elle veut.*

(...) vous ne trouvez pas que j'ai raison ? Regardez mon fils, vous êtes reporter, pour vous, c'est un peu plus facile de démêler les choses, vous croyez vraiment que Mateus Romeiro est un assassin ? À l'époque, je veux dire à l'époque où il me tourmentait pour des motifs idiots, vous croyez qu'il aurait été capable de commettre tous ces meurtres affreux ? C'est difficile à croire. Je trouvais que c'était un homme comme les autres, bourré de problèmes, évidemment, mais qui n'en a pas ? Peut-être est-ce parce que je l'aimais, ou du moins parce que je me trompais complètement sur son compte — comme tout cela me semble flou aujourd'hui — que je ne m'apercevais de rien... Comment est-il possible que quelqu'un tue et ne soit pas irrémédiablement marqué par ça ?

Tous les témoins, cette Eloina qui a glissé comme un poisson entre les mains du procureur, et les chauffeurs de taxi qui, cachés dans le terrain vague, avaient assisté à une exécution, et les veuves, les frères, les sœurs, et les parents des victimes, qui accusent puis s'excusent, font de ce procès une vraie mascarade. Ça me rappelle une phrase que mon père disait quand j'étais petit : la justice est entre de bonnes mains. La justice divine, s'empressait-il d'ajouter, parce que celle des hommes ne cesse de faillir à sa tâche, ou, du moins, elle juge avec un point de vue très limité. Ah, le crime. Oui, ici et maintenant, je vois mieux à quel point les vues de la justice sont courtes. Condamner qui, pourquoi ? Les crimes de Mateus Romeiro, ce ne seraient pas plutôt les Marlene Graça, les Eloina, tous ces témoins, qui les auraient commis, ce ne seraient pas le juge et le procureur ? De leur part, peut-on s'attendre à un aveu ? Comment pourraient-ils envisager de dire tout ce qu'ils savent, tout haut, d'admettre d'avoir été toujours au courant de tout, et d'avoir laissé faire ? Comment alors, dans le cas où ils avoueraient, pourraient-ils continuer à faire l'autruche avec eux-mêmes ?

(...) qu'est-ce que vous voulez savoir de plus ? Pendant ces quatre années, eh bien, j'ai même souffert de la faim. Mais je ne me suis pas prostituée. Ça, jamais plus. Je n'ai pas ce truc dans le sang, vous savez, je crois que les femmes ne font ça que quand elles l'ont dans le sang. Maintenant, je suis actrice. Ça, c'est un fait certain, et j'irai de l'avant. Le reste, le passé, ça ne compte plus, ça valait la peine de le vivre pour ce que ça m'a apporté, pour l'expérience que j'en ai retirée.

Je l'ai lue, elle était dans tous les journaux, cette lettre abominable, terriblement compromettante, signée par Arnobio Fontana et Aguinaldo Ribeiro. Ils soutiraient du fric à des hors-la-loi, et le faisaient parvenir à Mateus. Dur à croire, non ? Ils rackettaient des escrocs. Crasseux. Deux journalistes comme vous, là. Et cette fille, là, cette Regina, avec un nom à coucher dehors, fille de diplomate, chic, ça, le père a même failli être ministre. Et en fait, c'est une morue. Elle s'est baladée avec lui à travers trois pays différents, vous imaginez, la vie qu'ils ont pu mener, qu'est-ce qu'il devait la maltraiter, la pauvre, tiens, j'en pleurerais presque. Mais il y a des bonnes femmes comme ça, elles aiment ça, je suppose que Regina en fait partie. Ce que j'arrive pas à comprendre, c'est comment la Police Fédérale a réussi à les choper. Mateus était venu souvent au Brésil, ne serait-ce que pour montrer son nez. Et ici, à Rio, il allait dans les bars branchés, sans problème, il claquait du fric, et un pourliche par-ci, et un pourliche par-là... Il gardait des contacts avec ses amis de la police. Je sais bien tout ça, parce qu'il m'en parlait quand il venait voir son fils — d'ailleurs, il voulait toujours me filer du fric, mais je refusais, je ne voulais rien de lui, je ne pouvais pas accepter l'idée qu'il m'entretienne. Il me racontait la suite de ses aventures. Une fois, il a donné une interview à Aguinaldo Ribeiro et ça a été publié dans la *Gazeta*. Ça commençait comme ça : « ...dans un endroit secret, quelque part, en Amérique latine, Mateus Romeiro, le Ringo de Copacabana, a accepté de nous accorder cette interview exclusive. » Vous voyez le style, complètement débile. Ils étaient comme cul et chemise, tous les deux. Non, franchement, pour moi, tout ça c'était un cauchemar, je peux vous le dire maintenant, et je tiens à ce que ce soit su publiquement. Ce qui s'est passé entre ce type et moi, c'était tout simplement une erreur de jeunesse, une historiette, hein, c'est comme ça qu'on dit ? Et je n'ai pas du tout l'intention de payer toute ma vie pour ça. En bavardant avec vous, là, je viens de penser à un truc : c'est la dernière fois que j'aborde ce sujet. C'est la dernière fois que je donne une interview à propos de Mateus Romeiro. C'était bien de parler avec vous, parce que, d'une certaine manière, ça soulage. À l'avenir, je serai libre. Libérée de ce spectre.

Note au rédacteur en chef : Je n'ai pu arracher aucune autre information à Marlene Graça. Bien que le lecteur, à partir des informations recueillies, puisse déjà se forger une opinion assez exacte de cette affligeante liaison, il s'apercevra aussi qu'il reste des blancs à remplir, que des éléments importants ont été omis, et que...

Le rédacteur en chef, submergé, surgit, un doigt accusateur pointé sur Carlos Jurandir... « Cette femme est une pétasse, elle ment comme elle respire, Jurandir ! La seule chose qu'elle sait faire, c'est montrer ses nichons dans des films pornos ! Et ils osent dire que c'est une bonne actrice ! Eh ben, les voilà, les mystères du cinéma national ! *Soudain, sa voix change de ton, se fait plus doucereuse...* Dis, ça ne te dirait rien d'y retourner pour lui poser encore quelques questions ? Tu pourrais peut-être lui demander ce qu'elle pense d'Eloina, la nouvelle star des nuits cariocas... Elles se ressemblent, toutes les deux. Ce que je veux, c'est qu'elle dise : *... une nuit, Mateus est rentré, la chemise pleine de sang... J'ai vérifié son revolver, il manquait trois balles...* Si tu arrives à lui arracher ça, ou un truc du genre, je te file illico une augmentation grosse comme ma queue, et je te présente comme candidat au prix Esso du Reportage. Mais, je t'en prie, retournes-y, mon petit, sinon je vais faire une crise d'apoplexie, il faut la boucler, cette revue, mais surtout, il faut la vendre, et pour la vendre, il faut donner aux lecteurs ce qu'ils attendent. Allez, vas-y, allez... »

(...) une nuit, oui, je me souviens, il est rentré au petit matin. Il était tout secoué, les jambes de son pantalon étaient toutes mouillées, comme s'il sortait d'une rivière. Je lui ai demandé « mais c'est quoi, ça, Mateus ? » Et il a répondu « c'est rien, j'ai dû poursuivre des voleurs ». Il s'est enfermé dans la douche, il y est resté au moins une heure. Quand il est sorti, je suis allée examiner ses vêtements de plus près. C'est sûr, il y avait quelque chose de suspect : un mouchoir, roulé en boule, humide, sale. Je l'ai reniflé, — excusez ma franchise — et j'ai bien vu que c'était du sperme. Il s'était masturbé. Ça ne pouvait être que ça. J'ai eu un fou rire. Je suis sortie comme une folle de la salle de bains et je lui ai dit : « eh ben, à ton âge, la branlette, t'as pas honte ? » Et en parlant, je lui balançais le mouchoir sous le nez. Il m'a foncé dessus comme une bête et il a cogné. Je suis tombée sur le tapis. Et il m'a posé une question à laquelle j'étais incapable de répondre : « Qu'est-ce que tu sais de la vie ? Tu restes là, tu rêvasses, tu te fais du cinoche, tu t'inventes des rôles, et tu crois tout savoir ? Eh ben, tu sais rien ! » Alors, je me suis tue. J'ai compris que pour lui, ce mouchoir souillé avait une signification particulière. Un sens trop mystérieux et trop dangereux pour que je puisse m'en mêler. Il a pris le mouchoir, l'a jeté par la fenêtre, et on n'en a plus jamais parlé. Il était pervers, vous ne croyez pas ? Dites-moi, vous qui êtes journaliste : un type qui se masturbe et garde dans sa poche un mouchoir plein de sperme, comme si c'était un totem, un trésor... Ce bout de tissu tout gluant de sperme, dites-moi franchement, vous ne croyez pas que c'est un type qui a des penchants pervers ?

(...) d'accord, mais qu'est-ce que vous attendez de moi ? Je vous ai déjà dit ce que je savais. Vous avez tout enregistré, c'est là, sur les bandes que vous avez emportées l'autre jour, non ? Alors maintenant, vous me demandez si je connais Eloina, le pédé avec des nichons ? Eh ben, non, je n'en ai jamais entendu parler avant la semaine dernière, quand j'ai vu sa tronche dans le journal. Un travesti... Des homos, j'en connais. Mais ils sont tous coiffeurs, maquilleurs, y en pas mal aussi qui sont acteurs, scénaristes... J'avoue que celle-là, avec ses nichons, j'avais encore jamais vu... C'est bien possible que Mateus ait fait des affaires avec ça, mais merde, enfin, après tout, peut-être hein, il était complètement tordu, alors... Vous voulez que je vous raconte ? Accrochez-vous. Pendant tout un mois, Mateus n'a pas lâché sa paire de jumelles, il regardait tout le temps par la fenêtre, en se planquant derrière le rideau, c'était dans notre appartement de la rue Prado Junior. Dès le premier jour, je lui ai dit : « Mais ça va pas de mater les voisins comme ça ? » Il m'a répondu : « je suis en pleine enquête, il se passe des trucs louches ». Vous pensez, il jouait au détective à la maison ! Je l'ai laissé faire, il a continué, il avait tout le temps les jumelles à la main. Et puis un jour, je suis allée au marché, mais arrivée en bas de l'immeuble, je me suis rendu compte que j'avais oublié mon porte-monnaie. Je remonte à toute vitesse, j'ouvre la porte, et qu'est-ce que je vois ? Vous n'allez pas me croire : il regardait dans ses jumelles en se masturbant. Alors là, je n'ai pas pu me maîtriser, je me suis ruée sur lui. Vous savez, une femme normale ne peut pas supporter ça, encore moins quand elle vit avec le type. Je lui ai arraché les jumelles des mains — il est resté bouche bée, comme en flagrant délit, quoi — et j'ai jeté un coup d'œil sur l'immeuble d'en face. Et vous savez ce qu'il regardait ? Bon, je vous le dis, parce que je pense que votre revue ne va tout de même pas publier ce genre de truc, ça ne serait pas sérieux, hein ? Mon Dieu... J'ai honte, rien que de m'en souvenir, eh ben, il y avait deux mecs qui s'enfilaient, vous voyez, une tapette et un gros macho. Et ça, ça l'excitait, ce porc, vous voyez. Eh ben, c'est pour ça que je me dis qu'il a bien pu avoir, avec cette Eloina, ce travesti à nichons, ben, des affaires, quoi. Il y a des tas de pervers qui aiment ça, et...

Non, plus jamais je ne chercherai à arracher quoi que ce soit à Marlene Graça, c'est foutu, elle n'a plus rien à m'apprendre. Je pourrais rester ici des heures, elle ne me filera pas le bon truc, le détail essentiel. Il est même probable qu'elle mente, et que tout ce qu'elle me chante soit à moitié faux. La dernière fois, à un moment, j'ai cru qu'elle allait s'ouvrir vraiment, mais ça n'a duré qu'un instant, furtif. Maintenant, elle s'égare, elle tourne autour du pot, elle a peut-être, entre-temps, rencontré quelqu'un qui l'a mise en garde, ou alors, tout simplement, elle a peur, parce que, en fait, elle ne dit plus rien. Bon, je vais lui foutre la paix, je l'abandonne à son silence.

...qui n'en font même pas un secret. Ah, mais vous partez déjà ? Vous ne voulez pas un petit café ? Reinaldo va rentrer de l'école, là, bientôt... Vous ne voulez pas déjeuner avec nous ? Bon, comme vous voulez... C'était un plaisir de bavarder un peu avec vous, Jurandir...

Par la fenêtre, elle me suit du regard pendant que je traverse, jusqu'à ce que je disparaisse au coin de la rue. Je ne la vois plus, mais je sais que ses yeux verts brillent, et qu'ils se voilent. Oui, ils brillent, et laissent apparaître deux sentiments contradictoires : la joie, et la peur. Parce qu'elle sait bien que son équilibre tient à un fil, et qu'il ne dépend que d'elle — de sa capacité de mentir, de son talent de simulatrice — de retomber, ou non, dans une crise aussi terrible que celle qu'elle a connue avec Mateus Romeiro.

Le tribunal en accusation

Mais la vérité toute nue, c'est que si les lois imposées par la Sécurité Nationale ont permis d'éradiquer le terrorisme, celles qui concernent la Sécurité Civile continuent à être bafouées par les trafiquants de drogue, les patrons des loteries clandestines, les proxénètes et les exploiteurs en tout genre, par les voleurs de voitures, enfin par toutes les sortes de criminels et de délinquants. Même la population des deux grands centres urbains du pays, Rio de Janeiro et Sao Paulo, est à la merci des kidnappeurs, des assassins, et autres hors-la-loi de mèche avec la police.

À l'entrée du Palais de Justice, une statue de bronze impose au passant l'évidence : sans aucun doute, la Justice est aveugle. Et, longeant la rampe de marbre froid qui conduit vers d'interminables couloirs, des gens, tout aussi aveugles qu'elle, vont et viennent sans cesse, sans but apparent. Parmi cette foule, on distingue, grâce à leur costume pimpant, leurs cravates aux couleurs criardes, leurs chemises rayées, les avocats. Les avocats qui cachent sous leur bras les textes de loi, et qui les cachent si bien qu'ils finiront par en oublier l'existence. Il est treize heures, les séances vont bientôt être ouvertes. Peurs, frustrations, incertitudes, ou tout simplement, peut-être, sentiment d'impuissance, on sent quelque chose dans l'air. Le vent tiède soulève une vague de poussière. Patiemment, les greffiers feuillettent des piles de dossiers aussi gigantesques qu'inutiles, chassant la poussière et les toiles d'araignée, précaution peu nécessaire. Les juges prennent place, chuchotent deux ou trois choses à l'oreille des procureurs, pendant que les huissiers essaient de remettre en marche des ventilateurs qui ne fonctionnent plus depuis des siècles. Dans le couloir, devant la grande porte noire de la Loi, les témoins, immobiles, se répètent en silence toujours les mêmes arguments contradictoires, et semblent regretter vivement de se retrouver impliqués dans un procès. Parce qu'ils le savent bien, tous, encore que cela soit flou dans leur esprit : la justice, aveugle, peut frapper aveuglément.

Arnobio Fontana s'est réveillé à neuf heures, un masque noir sur les yeux et les jambes entortillées dans les draps, envahies de torpeur. La sueur coulait le long de son cou, ses cheveux étaient trempés, son oreiller aussi. Et il tenta, sans ôter son masque, de se souvenir du rêve qu'il avait fait, le dernier, juste avant son réveil, le plus effrayant. En vain, car sa conscience avait repris le dessus, et il avait tout oublié. Les veines de ses bras battaient, trahissant la nature de ce rêve. Après avoir enlevé son masque, il se souvint du tribunal, et il regarda la chambre, comme tous les jours, stupéfait de constater, après une nuit infernale de tourments, de délire, que rien n'avait changé : le lit, la penderie, la fenêtre ouverte laissant pénétrer la lumière du soleil, et les rideaux qu'aucun souffle de vent ne soulevait. Janvier, pensa-t-il. Maudit janvier, mois le plus chaud, le plus intolérable, dans cette putain de ville. Il ronchonna en se levant — un de ses pieds tâtant la moquette à la recherche d'une pantoufle —, regarda sur la table de nuit, où devait se trouver — oui, effectivement, elle y était — la petite boîte blanche qui allait le libérer de son ennui et assurer sa sérénité. Il se pencha pour caresser l'objet de deux doigts amoureux. Il y avait de quoi tenir une semaine, s'il parvenait à maîtriser les crises subites qui l'oppressaient, et à se contenir. Si, au cours d'une de ces crises, il ne sniffait pas tout d'un coup. S'il résistait au désir de tout oublier, de crever, qui le prenait de temps à autre, au désir de plonger une bonne fois pour toutes dans cet abîme sans fond au bord duquel il ne cessait de rôder, en rêve, au petit matin. Oui, le tribunal, pensa-t-il encore en se dirigeant vers la salle de bains. En se voyant dans le miroir, il faillit laisser échapper un cri de stupeur. La rougeur de ses yeux, malgré le masque qu'il avait mis pour dormir, attestait de l'agitation dans laquelle il s'était débattu toute la nuit, et à quel point son dernier cauchemar avait dû être dur et impitoyable. Il fit sa toilette en vitesse, en pinçant de temps à autre ses paupières congestionnées du bout des doigts. Au tribunal, à treize heures, Mateus Romeiro allait, pour la première fois, comparaître devant le juge et le procureur. « Et nous avec lui », grogna-t-il. Les motifs d'accusation, ah ça... Quelques jours après l'arrestation de Mateus Romeiro, après la publication de la lettre qu'Aguinaldo Ribeiro et lui avaient signée, on leur avait signifié leur congé à tous les deux. Et il se retrouvait au rebut, dépendant de la solidarité de quelques rares amis qui, comme lui, avaient soutenu Mateus, ou du bon vouloir d'un collègue du même genre, ou encore d'un ancien accusé qu'il aurait sorti d'affaire... Bref, de gens qui feraient preuve d'une solidarité sans autre fondement que la peur d'être également menacés de disgrâce. Et tout en se brossant les dents, en jetant de temps à autre un coup d'œil à la petite boîte blanche, la caressant en pensée, il se répétait, « à treize heures, au tribunal ». Il sentait une boule se développer dans son estomac, et il savait qu'elle allait grandir, gonfler, prendre un volume tel qu'il finirait par étouffer. Une véritable agonie, qui n'avait qu'un remède, infaillible : l'usage de cette poudre blanche, précieusement conservée dans la boîte. Benito Hernandez s'est assis à la table la plus discrète du bar, il a ouvert le journal qu'il avait plié en huit pour le fourrer dans sa poche. Après avoir jeté un coup d'œil furtif alentour, et s'être assuré que personne ne l'observait, il s'est penché pour lire, en déchiffrant les mots avec une certaine difficulté. *Tribunal de JUSTICE/ Cour d'Assises/ Confrontation entre Mateus Romeiro et le Procureur du Tribunal Aleixo, aujourd'hui à treize heures.* À côté de ce titre, un Mateus barbu le fixait du regard, comme il l'avait toujours fait au cours de ces quatre dernières années. Comme une vieille connaissance, oui, c'est comme ça qu'il lui apparaissait, une vieille connaissance qui lui avait fait rencontrer la mort en face, et qu'un jour ou l'autre, il devrait croiser à nouveau. Il a replié son journal, avec le même soin, et l'a remis dans sa poche. Puis, comme s'il était aveugle, sa main a cherché à tâtons sur la table son verre de cognac : il était vide. Il a levé un regard implorant, mais tous les garçons étaient agglutinés devant la caisse, et lisaient eux aussi le journal. Ils savaient tout, ils savaient même qu'il était témoin, lui aussi, qu'il avait la trouille, que c'était pour ça qu'il buvait, ils savaient qu'il bossait à la Lapa où on lui avait filé un job de veilleur de nuit, ultime chance de sa vie misérable. Il a caressé le verre vide, et a regardé l'horloge sur le mur. Les aiguilles indiquaient dix heures du matin. « À treize heures, au tribunal », a-t-il murmuré, et puis il s'est affalé sur la table, cachant son visage dans ses mains. C'était une vieille habitude, un geste qui lui permettait de s'extraire du monde. Et, sous ses paupières closes, dans le creux de ses paumes, il a vu surgir, fugitive, l'image d'un champ vert, planté d'oliviers, sous le soleil. Et une voix de femme a résonné, une voix qui fredonnait, et les aboiements d'un chien. En lui, tout au fond, sourdait un espoir douloureux : « un jour, je retournerai en Espagne ». Il l'a murmuré tout bas, pour lui tout seul, comme pour retenir cette image qui venait de disparaître. Il a alors ouvert les yeux, et a constaté qu'il se trouvait dans un bar, *La Sirène de la Lapa*, et que tous les regards des serveurs, lourds de reproches, convergeaient vers lui. Non, jamais il ne rentrerait en Espagne, il crèverait bêtement à la Lapa, probablement au cours d'un de ces petits matins. Il se pencherait distraitement à l'une des fenêtres de l'hôtel... Ou plutôt, ne mourrait-il pas d'une balle dans la tête, ou encore étranglé par ce fil de nylon qu'on lui aurait passé autour du cou ? Il a examiné son verre vide. Là, dans le fond, noir et indéfini, flottait son avenir. Et Benito Hernandez a pensé encore, « à treize heures... ». Et alors, comme pour appeler au secours, il a levé son verre, brusquement, en direction du garçon qui l'avait servi, et a crié « un autre ! ». Le Gringo sortit de chez lui, exactement de la même façon que tous les jours. Il ressemblait à un citoyen paisible, mais en réalité, ses sens étaient en alerte, et, du coin de l'œil, il épiait tous les angles du carrefour, et sa main était prête à s'emparer de la crosse froide de son calibre 45, caché dans sa veste. Toutes les précautions sont bonnes à prendre, se disait-il chaque jour, toutes les fois qu'il franchissait le seuil de son immeuble. Il se méfiait de tout le monde, même de son concierge, lâche et obséquieux, qui le saluait avec déférence. Il descendit au garage, entra dans sa voiture, tourna énergiquement la clé de contact. Le moteur ronfla, lui, il jeta un regard dans le rétroviseur, scrutant tous les recoins du garage, pour repérer une éventuelle présence à l'intérieur d'une voiture garée. À la maison, sa femme l'avait embrassé comme si c'était pour la dernière fois. Depuis un certain temps, quand il la quittait, se jouait entre eux le scénario du dernier adieu, et il laissait faire, étant habitué à l'idée qu'un jour ou l'autre, il ne reviendrait plus. « Oh, putain, c'est pas une vie ! » pensa le Gringo en passant la première et en démarrant doucement pour prendre le petit raidillon qui conduisait à l'extérieur du garage. En débouchant sur le trottoir, il constata qu'il n'y avait que des enfants qui jouaient et des bonnes qui les surveillaient. Il sourit, comme s'il venait de gagner une manche. Et ce sourire, c'était parce qu'encore une fois, il venait de déjouer les menaces qui pesaient sur lui. Maintenant, il allait se rendre au siège de la Police des Polices où il discuterait toute la matinée avec des collègues comme lui tombés en disgrâce. Et, à treize heures, il se présenterait au tribunal. En y pensant, il vit apparaître très précisément le visage de Mateus Romeiro, et se souvint de la manière dont il empoignait son arme. Il avait eu l'occasion de l'observer, en particulier quelques années auparavant lors d'une enquête menée par la milice. Mateus essayait ostensiblement de l'imiter. Ce petit coq arrogant avait l'intention de le remplacer un jour, d'inspirer autant de respect que lui, l'ambition de ce blanc-bec était sans limites. « Et c'est ça qui l'a coulé », pensa le Gringo, tandis qu'il stoppait à un feu rouge, en restant à l'affût d'éventuels ennemis. Dans la voiture arrêtée sur sa gauche, une femme au volant regardait fixement devant elle. De l'autre côté, un couple s'engueulait. Le Gringo cracha par la fenêtre et démarra le premier quand le feu passa au vert. « Un fils de pute, ce Mateus, et prétentieux en plus, murmura-t-il, il nous a tous foutus dans la merde. Qu'est-ce que les journaux ont pu déblatérer sur nous, à cause de ce connard... » Ils avaient été jusqu'à enquêter sur sa vie privée à lui, le Gringo, c'était un comble, et il avait été habilement éloigné de ses fonctions par le Secrétariat à la Sécurité. Il avait pourtant là-bas une position excellente. Maintenant, il ne lui restait plus qu'à se tourner les pouces, il allait rejoindre les vieux policiers hors circuit ou parfaitement incompétents. Il passait son temps à la Police des Polices, dans l'attente d'une retraite qui n'était pas près d'arriver. « Marqué à vie, foutu, complètement foutu », pensa-t-il en sentant une vieille bouffée de haine monter en lui. « Je veux le voir condamné, je veux qu'il pourrisse en taule. » De rage, il appuya sur l'accélérateur, mais ses pensées, elles, firent marche arrière. « Si cet enfoiré était condamné, sûrement, il parlerait. Et si nous, on le faisait taire, le scandale serait encore plus grand. L'idéal, ce serait donc qu'il ne soit pas condamné. Merde. » Le Gringo s'en mordait les doigts. Il revit en pensée tous les témoins qu'il avait dû suborner. Tous les gens qu'il était allé voir, les menaces qu'il avait dû leur faire, et tout ça pour sauver ce Mateus Romeiro qu'il vomissait. Pour le sauver ? Non. Pour se sauver lui-même. Pour éviter une catastrophe encore plus grave : la démoralisation de la Police. Nouveau feu rouge, il s'arrête encore. Et l'image du tribunal passa rapidement dans son esprit. Sonia, c'est son nom. Elle descend de l'autocar à la gare routière Novo Rio. Elle a un petit sac à main, c'est tout. Elle porte des lunettes et a les cheveux sagement attachés en chignon sur la nuque. Elle hésite sur la direction à prendre pour trouver un taxi. « De Macaé jusqu'ici, le voyage est si rapide, se dit-elle, et dire que pour mon frère, elle a été si longue cette route, et si pénible. » Elle s'arrête devant un kiosque à journaux, et elle voit, en première page, la photo de l'homme qui a tué Carlinhos. Elle tire un peu d'argent de sa poche, paye le marchand, ouvre le journal et le feuillette rapidement. À l'intérieur, une page consacre autant d'importance à l'accusé qu'au procureur. Mais il y est aussi fait allusion aux victimes. Parmi elles, figure le nom de son frère. Sonia replie le journal et le met dans son sac. « Il est un peu plus de dix heures », lui répond le chauffeur de taxi qui l'embarque. Avant de s'enfoncer dans le silence, elle lui dit : « Laissez-moi devant le Palais de Justice. » Eloina se regarde dans la glace. Elle sait que là dehors, dans le hall de l'hôtel, un reporter l'attend. « Laisse-nous publier ton histoire, et on te payera grassement », lui avait-il dit, la veille. Et elle avait répondu « on verra ça demain ». La nuit dernière, elle faisait ses débuts dans une boîte de la Zona Sul, où elle avait décroché un numéro de strip-tease. L'établissement était bourré de monde, on l'avait présentée comme « la femme mystérieuse de Mateus Romeiro ». Elle avait remarqué dans la salle deux flics fous de rage. Pour les provoquer, à la fin de son numéro, elle avait tourné le dos au public, retiré son cache-sexe et l'avait jeté sur leur table. Oui, elle les craignait, mais elle savait comment les affronter, elle l'avait si souvent fait dans sa vie chaotique. Le procureur, c'est bon, elle sait exactement comment elle devra s'y prendre quand elle se retrouvera à treize heures devant lui. En se regardant dans la glace, elle vient de dessiner la courbe de ses lèvres avec un bâton de rouge. Et maintenant, elle prend un peu de recul pour se contempler. Oui, l'effet est très réussi, la ligne violette encadrant le vermillon donne à ses lèvres un aspect plus charnu. Presque une vraie femme. Une beauté qui frise carrément l'arrogance, pour émouvoir jusqu'au pardon. Et pour que les gens se gardent de l'agresser comme ils l'ont si souvent fait tout au long de sa vie. Elle regarde la porte, hésite deux secondes avant de sortir. Que dire à ce reporter ? Maintenant qu'elle s'emmêle dans toutes les salades qu'elle a inventées, quelle version choisir ? De toute façon, elle sait bien qu'elle dira tout sauf la vérité. Elle ne s'en souvient même plus. Elle sait qu'il y a cinq ans, Carlinhos s'est fait descendre, qu'elle n'a rien pu faire pour le venger, sinon survivre à cette mort. « Je suis là, moi, maintenant, et je le garde toujours ici, Carlinhos », se dit-elle, une main posée sur le cœur. Oui, elle va raconter au reporter une belle histoire, dans laquelle Carlinhos, plus que Mateus Romeiro, apparaîtra comme un héros. Ça y est, c'est décidé, elle va faire ça. Elle se dirige vers la porte et l'ouvre. En la voyant, le reporter sourit, et lui demande : « Pourquoi tu ne m'as pas laissé entrer ? » Alcino tourne lentement la tête vers le lit de Mateus Romeiro, et observe sa respiration. « Il est asthmatique, il a quelque chose aux poumons », se dit-il. Et il l'imagine mort. Ah, si seulement il pouvait avoir une attaque, si on pouvait ne même pas l'emmener au tribunal, cet après-midi. Mais Mateus ouvre les yeux et dit « qu'est-ce que t'as à me regarder comme ça ? » Alors Alcino redescend sur terre. Non, plus rien ne les tirera du pétrin. À treize heures, ils se retrouveront face au juge, face au procureur, et une fois encore, confrontés aux témoins et à toutes leurs salades. Alcino pense à la haine qu'il a ressentie quand Mateus Romeiro s'est évadé et l'a laissé, lui, tout seul, en prison. Il aurait alors voulu le voir raide mort, et depuis, il pense d'ailleurs que l'autre est en quelque sorte déjà mort. Il pense que si Mateus devait disparaître, échapper d'une manière ou d'une autre à ce procès, lui, Alcino, ne serait pas condamné, car une chose est certaine : ses crimes ont tous été dirigés par l'autre. C'est Mateus qui l'a guidé, qui l'a poussé à tuer, à menacer, à voler. Mateus et son influence néfaste. Alcino, à trente-cinq ans, se sent encore très proche de l'adolescent qu'il a été, qui rêvait d'être un héros, ce qui d'ailleurs était la raison de son engagement dans la police. « Un irresponsable ! » lui avait lancé son père, venu lui rendre visite en prison. « Un flic pourri », disaient les journaux. Oui. Et maintenant, à ses côtés, il y a, dans cette cellule spéciale, l'homme qui l'a incité à devenir criminel, ce Mateus Romeiro, avec qui il a entretenu, pendant des années, des liens si savamment noués, des liens troubles, entre l'amitié et autre chose, de plus indéfinissable, très proche même de l'amour. « Il commandait, j'obéissais », songe Alcino, toujours sous influence. Et ce jour fatidique, à onze heures du matin, il se repose à lui-même cette question obsédante : « Jusqu'où serions-nous allés, si on ne nous avait pas arrêtés ? » En prison, il a pris conscience de quelque chose, qu'il garde pour lui, en secret. Il a peur, il a toujours eu peur, et seul Mateus l'a soutenu. Et quand il était en cavale et qu'il s'était, lui, retrouvé seul, il avait découvert à quel point il se sentait paumé. Maintenant, l'autre est là, près de lui, dans la même cellule, mais ce qui existait entre eux n'est plus. « Chacun pour soi », lui a dit Mateus, la nuit dernière. Et il a ajouté « s'ils me condamnent, je n'hésiterai pas. Je balancerai tout le monde ». Alcino cherche son regard. Mateus fait semblant de somnoler, mais il est sur les nerfs, il se prépare. Oui, il fait semblant de dormir, il reste immobile, comme mort. Et Alcino recommence à s'échauffer sur cette vieille idée, un peu vague, que son complice pourrait mourir, et qu'alors, le juge, le procureur, les témoins, tous oublieraient qu'il est, lui aussi, inculpé. Le procureur Rodolfo Aleixo referme le dossier, enlève ses lunettes, se frotte les yeux. « Presque midi », pense-t-il, avant même de consulter sa montre. Oui, dans quelques minutes, il sera midi. Et il n'a toujours pas trouvé une issue honorable à tout ce magma de fuites et de démentis. Les visages, il les connaît, trop bien même. Benito Hernandez, Eloina, les parents de Jonas, le chauffeur de taxi, Alcino, le Gringo, Arnobio Fontana... Et leurs mensonges, il les connaît par cœur. « Tout se tient », se dit-il. « Dans cette histoire sordide, vérités et mensonges vont de pair, il est impossible de les distinguer. Les crimes de Mateus Romeiro... D'une certaine façon, j'ai voulu aller jusqu'au bout, j'ai essayé de distinguer le vrai du faux, de sanctionner. » Mais il sait que maintenant, c'est devenu impossible. Il a le dossier sous les yeux. Il l'ouvre encore, le feuillette, au hasard. À la page trente-trois, il voit le regard paniqué de Benito Hernandez qui le fixe. Ce pauvre bougre, qui postillonne en parlant, qui ne sait pas quoi faire de ses mains, les frotte en les tordant sur ses cuisses... « Il avait les mains dans le dos, monsieur le Procureur... » Oui, ce pauvre Benito Hernandez, qui rêve d'une Espagne mythique, tremble pour sa vie, veut vivre, avant tout. Et, pendant ce temps, Mateus Romeiro se croit plus fort que tous, ne craint rien ? Le procureur sourit... « Un vrai héros de notre temps », se dit-il. Maintenant, il est midi, il se trouve dans son bureau de fonction au tribunal, et il a compris : il est trop tard pour mettre de l'ordre dans ce fouillis de subterfuges, de contradictions, pour aligner ces visages défigurés par la peur et tirer de la frayeur qu'ils trahissent des éléments pour son réquisitoire. Oui, la justice est aveugle, on le dit. Avec quels yeux pourrait-elle distinguer la vérité, si habilement dissimulée ? Le juge entre dans la salle d'audience à treize heures, sans daigner répondre aux questions qu'un journaliste lance à la volée. Un huissier, grave, pénétré de sa fonction, referme la porte derrière lui et refuse de fournir la moindre information au journaliste. « Rien à déclarer », dit-il. À l'intérieur, le juge tire de sa poche un flacon, se verse deux gouttes dans chaque œil — les yeux aveugles de la justice ? — et demeure immobile, le menton posé sur les mains jointes, comme s'il méditait.

Petit à petit, les greffiers s'installent dans la salle, à la place qui leur est assignée. D'en bas, s'élève une rumeur à l'entrée de Mateus Romeiro et d'Alcino dans le box des accusés. La rumeur s'amplifie, s'écoule le long des rampes d'accès et traverse rapidement les couloirs, où les témoins attendent leur tour. Le procureur passe devant eux, cherchant sur chaque visage un signe de sympathie, une raison d'espérer. Et finit par conclure, en entrant dans la salle d'audience, que rien n'a changé. Dans le box, Alcino demande une cigarette, que Mateus Romeiro lui tend aussitôt. Il lâche « putain, je suis nerveux », et Mateus ne répond rien. Il s'assied sur un banc. Au fond, derrière les barreaux d'autres cellules, d'autres accusés, en attente d'être jugés, rêvent de l'apercevoir. En haut de la rampe, un flash s'éclaire, arrosant tout autour de lui. On entend crier « Mateus ! ». C'est un journaliste. Mateus ne bronche pas. Il garde le silence. Ah, tiens, treize heures viennent de sonner.

Aguinaldo Ribeiro, seul

IV

Les derniers instants passés à la rédaction du journal avaient été des plus pénibles. Finalement, la machine à écrire l'avait emporté : il n'écrirait plus jamais. Les autres machines, silencieuses, alignées — c'était le matin, le travail venait à peine de commencer — lui paraissaient toutes aussi mystérieuses qu'absurdes. Lui-même, il se percevait autrement, comme s'il était étranger à ce décor, comme si plus rien ici ne le concernait. On tolérait encore sa présence, mais il se sentait déjà de trop à la rédaction, il se bornait à attendre l'heure de la sortie qui le libèrerait des questions pernicieuses et des sourires sarcastiques. Ses confrères feignaient d'ignorer l'existence de la fameuse lettre — publiée déjà dans tous les autres journaux — et continuaient à le traiter avec une ironie légère, amicale. Mais c'était trop tard, il le savait. Et il le savait si bien, que cette angoisse avait définitivement marqué les traits de son visage, comme une balafre. Ses lèvres, serrées sous l'effet de la tension, tremblaient avant de laisser passer le moindre son, et, quand il réussissait à articuler quelques mots, c'était avec une telle difficulté que ceux qui l'écoutaient en étaient gênés. Oui, c'était la peur. Il avait vu le reflet de son visage dans le regard des autres, au moment du départ, recevant, malgré tout, quelques marques d'estime. Le rédacteur en chef, mal à l'aise, le regard fuyant, lui avait fait part de son licenciement :

— Aguinaldo, ce n'est pas moi qui ai décidé ça. Ça vient de plus haut. Si c'était moi, tu serais resté, comme si rien ne s'était passé. (Tout en parlant, il tentait de trouver, en grattant la crasse qu'il avait sous les ongles, des arguments plus convaincants.) Après tout, tu sais, tout est pourri, on n'est pas des saints. Nous, dans la presse, on sait ça mieux que personne. Ce procureur, par exemple, c'est une canaille.

— T'inquiète pas, mon vieux. Arnobio et moi, on se débrouillera.

Il valait mieux éviter le scénario des adieux, des effusions, il valait mieux que ce licenciement prenne l'aspect d'une démission. Il valait mieux que tout ça ait l'air banal. Tout comme s'il était persuadé de revenir un jour, couvert de lauriers. Bien que, dans son for intérieur, il ressentît tout le contraire. Ça, il le savait, qu'il ne remettrait plus jamais les pieds ici, parce qu'à dater de ce jour, il ne pourrait plus jamais être le même, il ne serait plus cet Aguinaldo Ribeiro que la conscience aiguë du crime avait toujours protégé du pire. Il ne serait plus qu'un pauvre diable, abandonné à son sort, accablé par une accumulation de circonstances malheureuses, qui font la matière même de la vie.

Une simple lettre, et son contenu, lourd de signification. « Pas besoin de commentaire, il suffit de la lire », avait clamé le procureur. « Elle révèle la mentalité perverse de cet homme, capable d'acheter la conscience d'honnêtes journalistes. » Et c'est cette vulnérabilité qui faisait que son nom était aujourd'hui sali dans les journaux.

— Si c'était moi, tu resterais, comme si rien ne s'était passé. Jamais il n'accepterait tant de sollicitude pesante. Il les fuirait tous, il éviterait les accolades, les mains posées sur l'épaule, les sourires brouillés de larmes, les regards de côté. « C'est bien mieux comme ça », s'était-il dit, en s'échappant par la porte du fond, après avoir jeté un dernier regard aux machines muettes, et il avait déboulé l'escalier de service jusqu'au garage, et il avait traversé la cour, le parking public, et il s'était retrouvé dans la rue, hors d'atteinte, enfin, loin de cette comédie de la stupeur qu'on lui jouait à la rédaction. Au kiosque à journaux du coin, un journal exposait sa honte en première page : *Un journaliste rackettait le* jogo do bicho *pour renflouer Mateus Romeiro.* Saisie par la police, la lettre que Mateus avait voulu garder sur lui — peut-être un témoignage d'amitié, infime, venant de loin, le convainquant peut-être qu'il n'était pas si seul — avait été utilisée à bon escient par le procureur. « Il achetait les consciences », avait-il déclaré, pour tenter de justifier la fuite des témoins. « La peur, la terreur, sont des armes sur lesquelles la justice n'a aucune prise. » L'importante interview de Maître Rodolfo Aleixo, et la place qu'il occupait à la une des journaux, symbolisaient à elles seules une victoire. « Et tout ça, grâce à moi, se disait Aguinaldo, moi qui ai signé cette lettre, comme un idiot... Et ça lui permet aujourd'hui de m'inculper. »

La Gazeta, son journal, avait passé sous silence les premières accusations. Mais ils préparaient déjà une note, qui devait être publiée dès le lendemain à la une, annonçant le licenciement d'Arnobio Fontana. Quant à la fameuse lettre, avec d'autres documents remis par le procureur à la police, elle était déjà jointe au dossier pour l'instruction du procès. Des consciences achetées... Le Gros Felipe serait appelé à faire sa déposition. Aguinaldo se souvenait de son costard blanc, de cet énorme pied qui s'agitait sous la table, et de l'atmosphère de cauchemar qui baignait la petite place brûlée par le soleil. Et le cercle se refermait, comme il l'avait si souvent craint ces derniers temps. À la rédaction, Arnobio Fontana ne pourrait pas se maîtriser et, quand il prendrait connaissance des informations judiciaires dans la presse, il se mettrait à tous les coups à pleurnicher, impuissant. Mais lui, Aguinaldo, non. Jamais, il ne réagirait de cette façon, il avait préféré fuir, s'échapper, plonger dans la foule de la rue.

La chaleur du soleil réveillait son énergie, et il lui suffirait de poursuivre sa route pour ressentir ses effets. Mais où aller ? Chez lui, il risquerait de se pencher par la fenêtre, pour voir la circulation, là, en bas : vague intuition, signal d'alarme... Il valait mieux éviter ça. Dans sa famille, où il n'allait plus depuis des mois ? Chez sa femme, qui, certainement, avait déjà lu les journaux, et pavoiserait ? Aller vers elle, c'était encore s'humilier. Il consulta sa montre. Il était onze heures, une matinée ensoleillée, et il cherchait en vain l'issue de son misérable destin. Il ne souhaitait qu'une chose : foutre le camp. Mais pas avec n'importe qui. Il devait trouver quelqu'un pour partager son échec. Avec qui le faire, sinon avec cette femme, qu'il avait si souvent tourmentée ?

— N'entre pas — lui dit-elle, en maintenant la porte fermée. Mais il réussit à s'introduire de force, et quand elle essaye de le retenir, il est déjà dans le hall. — N'entre pas, je te dis.

— Je ne peux pas entrer ? Tu m'empêches de voir mes gosses ?

Pour la première fois depuis son arrivée, il la regarde. Elle était belle, cette femme qu'il a aimée. Mais il y a si longtemps qu'il ne s'en souvient plus. Elle a grossi, elle est devenue la caricature d'elle-même, oui, c'est ça : elle n'a gardé que les traits essentiels de la femme d'autrefois.

— Les enfants ont lu tous les journaux. Je n'ai pas eu le courage de leur expliquer. Et voilà que tu débarques.

Elle esquisse un geste d'impuissance, fait quelques pas vers une commode où elle prend un paquet de cigarettes. Elle en allume une, avec cette attitude détachée qui lui est familière. Elle aspire la fumée à fond, et rejette la tête en arrière. Ce geste l'enchantait, quand ils se sont connus.

— Alors, tu es contente, hein ?

— Personne ne peut se réjouir de tant de bassesse, répond-elle en haussant les épaules.

— J'ai touché le fond. Tu as toujours rêvé de me voir couler.

— Oui. (Elle le fixe avec une telle intensité qu'il détourne son regard.) Mais j'aimerais mieux que tout ça ne m'atteigne pas. Les enfants non plus. J'espérais que tu coulerais tout seul. Et pas comme ça. Tout le monde sait que je suis ta femme, et que ce sont tes gosses. Ici, dans la rue, à mon boulot, comment supporter les jugements ?

— Tu peux toujours dire que nous ne vivons plus ensemble.

— Mais les enfants ? Ce seront toujours tes enfants.

Aguinaldo cherche un fauteuil et s'assied. Un air de musique, assourdi, entrecoupé de temps à autre par une voix d'enfant, résonne du fond de la maison. Par la fenêtre entrouverte, parviennent les rumeurs de la rue. « Il est presque midi », se dit-il, de toute évidence lassé par cet affrontement avec son épouse. Mais il réattaque.

— Tu me hais, n'est-ce pas ?

— Je m'en suis toujours doutée. D'une certaine manière,

depuis notre rencontre, j'ai toujours su que tu étais faible, que tu céderais à la première occasion.

— Pourquoi tu m'as épousé ? Pourquoi tu ne t'es pas barrée avant ?

— Parce que je t'aimais. Eh oui, l'amour... L'erreur la plus commune, que tôt ou tard, tout le monde commet.

— Bon. Moi aussi, je t'ai aimée. Arrête de te plaindre.

— Quand tu as fait le premier faux pas, je l'ai bien vu, Aguinaldo. J'en ai eu le pressentiment. J'ai repéré des petits changements dans ton comportement. Tu vois, aujourd'hui, il y a une chose dont je suis certaine, c'est que ça a tout gâché entre nous.

Donc, elle s'en était rendu compte. Ces petits changements, lui aussi, il les avait remarqués. Il s'était imaginé que c'était seulement les conséquences d'un sentiment de culpabilité. Mais c'était une réalité, et quelqu'un, qui partageait son intimité, en avait pris conscience. Sa peau était devenue grise, ses yeux s'étaient peu à peu enfoncés dans leurs orbites, et de légers cernes violets étaient apparus. Il avait vu ça dans le miroir, et il avait essayé de se convaincre que ce n'était qu'un symptôme de fatigue. Alors qu'elle, en silence, accompagnait sa chute irréversible, sa lutte inconsciente contre le remords... Ce nouveau visage devait définitivement devenir le sien.

— Mateus Romeiro, les *bicheiros*, tu savais tout ?

— J'en avais l'intuition. Il suffisait de te regarder pour voir que tu étais rongé de l'intérieur.

Au fond de l'appartement, la musique, soudain, s'est arrêtée. Quelqu'un a éteint la radio. Un enfant appelle « Maman ». Elle esquisse un geste dans le vide, pour imposer le silence.

— Reste tranquille, Junior, crie-t-elle vers le fond du couloir. Attends, j'arrive.

— Tu ne vas pas me laisser voir les enfants ? Au moins ça...

La femme hésite. Elle se tient debout devant lui.

— Pas maintenant. Je ne préfère pas.

Eh oui... De toute façon, il n'aurait pas la force de s'expliquer. Il ne pourrait pas les regarder en face, il ne pourrait pas demander pardon, parce qu'il n'y a déjà plus de pardon possible. « Je suis vraiment seul », se dit-il. Il cherche le regard de sa femme, qui ne se détourne pas.

— Pourquoi tu ne m'as rien dit ? Je veux dire quand tu as pressenti que j'allais vendre mon âme, pourquoi tu ne m'as pas parlé ? Pourquoi tu n'as pas essayé de me faire comprendre que je faisais fausse route ?

— J'ai pensé que ça ne regardait que toi. Tu ne me racontais jamais rien.

Voilà, c'était bien ça. En quelque sorte, elle aussi était fautive, elle avait préféré se taire : ça le soulageait. Parce que, si elle l'avait averti, elle aurait pu le tirer d'affaire.

— Peut-être qu'avec ton aide, j'aurais réussi à refuser toutes ces propositions.

Elle vient de faire un pas vers lui, le visage tendu, un bras levé dans une intention agressive.

— Aguinaldo, n'essaye pas de me mêler à tes problèmes, c'est trop tard.

— N'oublie pas que tu fais partie de mes problèmes.

— Je travaille, je mène une vie normale. J'ai déjà oublié ton existence.

Non, elle n'a pas oublié. Elle se tient là, face à lui, hésitante. Vaguement partagée entre la pitié et le dépit de le voir tomber si bas. Mais une chose est sûre : c'est qu'elle ne l'aime plus. Lui non plus, d'ailleurs, il ne l'aime plus. Elle ne ressent pour lui qu'une étrange tendresse — comme lorsqu'on retrouve le souvenir très cher d'un passé perdu.

— Bon. Très bien. Je ne peux donc rien attendre de toi. Pas même un mot de réconfort.

— Tu as tes amis, non ? Pourquoi tu ne vas pas les voir ?

Donc, elle aussi, elle le condamne. Il se lève sans un mot et se dirige vers la porte. Avant de refermer derrière lui, il regarde sa femme, pour la dernière fois. Elle s'est retournée, elle est de dos, et paraît plus grande dans ce peignoir qui lui tombe jusqu'aux pieds. Elle se tient immobile, les mains nouées. Elle le condamne, comme tout le monde, cette femme, qui a été la sienne un jour, mais qui maintenant est devenue une étrangère. Il claque la porte et s'empresse de regagner la rue.

Pendant tout l'après-midi, il tentera de voir Mateus Romeiro dans la prison où il est détenu. On ne le laissera pas entrer. Personne ne l'écoutera. À son seul nom, les visages se lèvent, d'abord surpris, puis ironiques. Et les voix, jadis déférentes, se font dures maintenant. On ne lui pardonnerait jamais d'avoir étalé au grand jour des traits d'une bassesse aussi commune. « Alors, même lui, c'est un vendu », pouvait-on lire dans leurs voix. Et il se sentait mis à distance.

En fin d'après-midi, il entra dans un bar. Assis dans un recoin sombre, il commença à boire. Il en sortit à la tombée du jour. Il n'était pas encore tout à fait saoul. Il essaya de téléphoner d'une cabine à Arnobio Fontana. Mais il n'était pas chez lui. Il s'acheta un journal, lut les titres, et se mit à le feuilleter en cherchant l'article où son nom était cité avec celui de Mateus. Puis, il jeta le journal, et esaya de se souvenir de l'endroit où, pendant cette dure journée, il avait garé sa voiture. Il en fut incapable et continua son chemin à pied. C'était l'heure où les gens rentraient chez eux, la circulation était dense dans le centre de la ville. En marchant, légèrement assommé par l'alcool, il passa en revue dans sa tête tous ceux à qui il pourrait aller se confier. En vain. Où trouver quelqu'un qui accepterait de le recevoir, tout simplement ? Il ne cherchait même plus la consolation. Au point où il en était, personne ne l'accepterait, avec tous ses emmerdements. Il aurait fallu quelqu'un qui ne soit au courant de rien.

Il arriva à la Lapa. Le bruit du trafic automobile le dérangeait. Au feu rouge, les moteurs d'autobus grognaient d'impatience. À leurs fenêtres, les visages des passagers, faiblement éclairés, paraissaient identiques. À un coin de rue, deux hommes discutaient. Une grosse dame qui sortait de la boucherie s'arrêta au bord du trottoir, prenant mille précautions avant de traverser. Il s'engagea ensuite dans une rue plus obscure, au sol accidenté. Il chancelait, mal assuré sur ses jambes qui lui faisaient mal. Surgissant d'un escalier obscur comme un tunnel, une voix susurra un appel. C'était une putain. Il ne leva même pas les yeux. Les femmes ne l'intéressaient plus depuis longtemps. Il se demanda pourquoi, tout à coup, il pensait à Eloina, à son visage outrageusement maquillé. Déchue, comme lui, elle se tenait peut-être derrière l'une de ces fenêtres, ou dans la pénombre d'un couloir, en attente. Voilà, il avait touché le fond, et il suffirait de grimper l'un de ces escaliers pour se retrouver là-haut, face à sa vérité. Tout en marchant, il sentait monter dans sa bouche des relents d'acidité, toute l'amertume de cette journée révélatrice. Pourquoi ne pas avoir accepté de s'humilier devant cette putain qui l'avait appelé du fond de cette obscurité glaciale, puisqu'en fait, il avait tellement besoin de ça ? Il revint sur ses pas pour retrouver l'escalier et entendre à nouveau l'appel chuchoté. Il s'approcha, fit un pas, puis deux, posa péniblement son pied sur la première marche. La femme recula, en silence, et il observa sa silhouette qui montait l'escalier. Puis elle disparut à l'étage. Il suivit ses pas, le cœur battant comme celui du jeune homme plein d'enthousiasme qu'il avait été un jour. Et progressivement, il se retrouvait lui-même. « Ça, c'est bien moi », se dit-il. Au premier étage, il y avait un couloir mal éclairé, conduisant, le long d'une série de portes closes, vers une seconde volée de marches. Qu'il gravit. Au deuxième étage, une seule porte était béante. Il s'y rendit, et, dans la pénombre, il aperçut la femme, les bras ouverts. Il s'avança vers elle et vit alors que la chambre était vide, et que la fenêtre, sur le mur du fond, était rebouchée avec des planches. En l'espace d'un instant, son esprit fut alerté. Mais il était déjà trop tard. Il eut à peine le temps d'entrevoir le visage de l'homme qui, de l'embrasure de la porte, venait de sauter sur lui en brandissant un objet au-dessus de sa tête. Il s'effondra tandis que la femme, avec une étonnante agilité, enjambait son corps pour atteindre la sortie et que l'homme arrachait son portefeuille du fond de sa poche. Il se laissa aller, sans se défendre, jusqu'à ce que le bruit de leurs pas s'évanouisse. Puis il se traîna péniblement vers le mur, s'assit et porta sa main à son crâne. Pas de trace de sang, ils l'avaient simplement racketté. Il se releva avec difficulté et quand, enfin, il se retrouva dehors, il n'avait aucune conscience du temps qui s'était écoulé. Il faisait vraiment nuit. Il ne lui restait plus qu'à retrouver sa voiture pour rentrer chez lui.

Bien sûr, au petit matin, il se sentit encore seul. Mais ce

ne serait plus jamais comme avant. Un sentiment de solitude différent de celui qu'il éprouvait quand, si souvent, il se penchait la nuit par la fenêtre, sans toutefois trouver le moindre apaisement dans l'agitation de la rue. Maintenant, il savait que quelque chose était brisé, que son énergie diminuait, et que, de là où il se trouvait — et il était allé très loin —, il lui serait à peine possible de se relever. Cette lettre adressée à Mateus l'avait définitivement perdu, mais il en éprouvait une certaine libération. Il se retrouvait sans emploi, sans famille, sans amis, et ceux qui étaient autrefois impressionnés par sa personnalité pouvaient aujourd'hui l'humilier. Il avait maintenant toutes les raisons de se sentir seul. « Aguinaldo Ribeiro », se dit-il, répétant son nom comme pour retrouver cette identité qu'il avait commencé à perdre quelques années auparavant, et que, maintenant, à nouveau, il pouvait se permettre de revendiquer. Oui, il était seul, bien sûr, mais il ne s'était jamais senti aussi proche de lui-même. Maintenant, tout ce qu'il voulait, c'était « rentrer ». Il disait ce mot-là parce que « recommencer » lui semblait trop empreint de mystère, aussi insolite pour lui que le mot « espoir », que, depuis des années, il s'était interdit de prononcer.

Une pause pour respirer

...Je prends la parole pour vous informer de bien tristes événements. (...) À mes yeux, ce procès prend des allures symboliques, il nous donne une raison de plus de vouloir en finir, une bonne fois pour toutes, avec la violence qui sévit au sein de la police, et que nous avons surtout constatée au cours de l'année où a eu lieu ce crime, quand la Préfecture elle-même a décidé de créer et de se subordonner une milice de policiers, dont la mission essentielle consistait à tuer... L'État doit assurer la protection de tous les citoyens, et cela implique d'assurer la sécurité de la société dans son ensemble. La mise en place de ce système de sécurité est une étape préliminaire et incontournable. L'ordre social est justifié par un désir collectif de paix civile. Tant que l'individu, les familles, se sentiront menacés par l'insécurité, l'ordre social pourra être qualifié de précaire. Si l'appareil policier perd sa crédibilité, il faut faire en sorte de ranimer la confiance de la population. C'est la condition sine qua non de... (extrait du discours de Rodolfo Aleixo, procureur).

Ah, tu es là, à l'écart des autres accusés, dans une cellule souterraine du Palais de Justice. Bientôt, dans quelques minutes à peine, tu entendras, là-haut, face au juge, et tournant le dos aux badauds venus assister à cette grande mascarade, la déclaration de ton absolution. Et alors, tu seras libre, lavé de ce premier crime, comme tu le seras, à jamais, de tous les autres. Tu te replieras sur toi-même, sourd à toutes les phrases acerbes que te murmurera Alcino. Et tu penseras certainement à ta première victime. La première. De ce type, tu n'as pas conservé le moindre souvenir. Pas un détail particulier, rien. Sauf ce pâle éclat dans ses yeux, à son dernier instant, dans la folie de la terreur, ce signe d'une mort proche avant même que tu n'aies tiré la première balle. Non, aucun autre souvenir. Après toutes ces années, dans ta mémoire, toutes les victimes se confondent, elles ont toujours cette gueule de martyr, luisant dans une nuit déserte et glaciale. Aujourd'hui, tu penses certainement qu'il s'agissait de supplices inutiles, puisqu'il a fallu toujours sacrifier encore, et que tu as toujours découvert de nouveaux supplices. Il y a tellement de façons de détruire les autres avec raffinement et précision : il ne s'agit pas nécessairement de les tuer. Or, toi, pendant tout ce temps, tu n'as fait que te comporter comme une brute.

Maintenant, tu sais qu'il existe des milliers de façons de tuer un homme. Car tu viens de t'apercevoir, en effet, et bien qu'assez confusément, qu'on a essayé de te supprimer, et qu'à certains moments, pendant toute la durée de ce procès, tu as bien failli te transformer en victime. Et si tu l'as échappé belle, si tu peux maintenant espérer une absolution — même si tu restes anxieux —, c'est bien parce que ceux qui t'utilisaient te craignaient aussi, qu'ils savaient que tu ne te retrouverais pas tout seul au trou, que tu entraînerais certains d'entre eux dans ta chute, et que ça ferait boule de neige. Que ça provoquerait des culbutes en série, auxquelles ils n'étaient certainement pas préparés. Car ils s'étaient organisés pour fonctionner dans un système parfaitement huilé, avec ses ramifications, ses rouages parfaits, dans lesquels chacun jouait précisément son rôle, comme dans le mécanisme d'une horlogerie immortelle, qui pourrait, à tout moment et selon ses caprices, choisir l'heure qu'elle indique. Oui, dans quelques instants, le juge prononcera ton absolution. Il dira, en te regardant dans les yeux, « ...c'est avec une profonde réticence que je prononce cette sentence », et l'auditoire s'agitera dans un murmure, et les journalistes se précipiteront en courant sur les téléphones, et, encore une fois, les flashes des photographes t'aveugleront, ils t'éblouiront encore pendant quelques secondes, et ton avocat s'élancera vers toi, et te prendra, lui le premier, dans ses bras. Et tous tes confrères de la police t'entoureront pour te féliciter. Mais, pour le moment, tu n'as encore qu'une vague certitude, tu ne peux encore te fier qu'aux promesses des avocats, et au serment de solidarité — mû par la crainte — signé par les témoins en bas de leurs dépositions, et déchiffrable entre les lignes.

Oui, c'est avec une profonde réticence que je lirai cette sentence, car je sais que, d'une certaine façon, cet homme est un criminel. Et l'un des plus dangereux parmi tous ceux que j'ai pu connaître au long de ma carrière. Ses crimes sont innommables. Nous l'avons constaté, dans ce tribunal, où tous, même les témoins, se sont évertués à protéger cet homme de ses propres crimes. La sentence prononcée par le juge, les rumeurs de l'auditoire, et puis ton visage, Mateus, toujours aussi impassible sous cette barbe blond cendré. Tu t'en souviens ? Un jour, tu m'as confié pourquoi tu ne te rasais pas : « ...j'ai le menton un peu court par rapport à mon visage... ». Moi, j'ai souri. Ça me faisait marrer que tu te préoccupes de ce genre de détail. Eh ben, non, au contraire, c'était bien toi : toujours soucieux de ton image, des apparences, de ta séduction. Oui, je te connaissais déjà, le soir où tu m'avais invité à sortir, et qu'à tes côtés, dans la bagnole, j'avais pensé à tous ceux qui m'avaient précédé là, avant que tu ne les mettes à mort. Au cabaret *Le Casanova*, à la Lapa, on s'était retrouvé à des tables séparées. Avec toi, il y avait un autre mec, et deux gonzesses. Sur scène, Eloina chantait *El dia que me quieras*, et moi, je n'avais aucune envie de te sourire, parce que je t'avais repéré, je savais que tu étais le flic dont tout le monde parlait, le tueur. C'est sûr qu'en ce moment tu ne te souviens pas de moi, tu ne penses même pas que j'ai tenu ma promesse — cette promesse que je t'avais faite, sur la route de Paneiras, au petit matin, alors que tu gueulais et que tu klaxonnais pour déranger un paresseux agrippé à un arbre, et que tu l'aveuglais de tes phares. Je t'avais dit alors que j'écrirai un roman sur toi. Et toi, tout fier, tu avais souri.

« Tu veux qu'on sorte ensemble ? » m'as-tu demandé, cette nuit-là, au *Casanova*. C'était pendant l'entracte, tu t'étais levé, et tu t'es approché de ma table, pour me demander : « Tu veux qu'on sorte ensemble ? » Et moi, partagé entre la trouille et la fascination que tu m'inspirais, j'ai répondu : « peut-être, mais tu pourrais au moins te présenter ». « Mateus Romeiro », as-tu dit, les yeux mi-clos, en allumant une clope. Et puis, tu m'as tendu le paquet. J'ai refusé. « C'est bien lui, alors », je me suis dit, et j'ai accepté l'invitation. On est partis tous les deux, dans la nuit. C'était notre première nuit, tu m'as posé plein de questions et je suis resté sur la défensive. « Étudiant ? » m'as-tu demandé ? Et avant même que j'aie eu le temps de répondre non, tu as placé un de tes commentaires persifleurs. « Tous des connards, ces étudiants... » Et tu m'as raconté une longue histoire, à propos d'un lycéen que la police militaire avait arrêté, quelques jours auparavant, au restaurant universitaire du Calabouço, et à qui tu avais arraché deux ongles. Un à chaque main, « parce que, disais-tu, il fallait montrer à ce genre de gus qu'on n'était pas là pour rigoler ». Oh oui, je me souviens de toutes les histoires que tu m'as racontées, les soirs suivants, quand on sortait ensemble. Il y en a une qui me revient plus particulièrement en mémoire, maintenant. Tu disais que tu avais besoin de t'ouvrir à quelqu'un, et que, comme j'étais un intellectuel — c'est comme ça que tu me considérais —, il y avait des chances que je te comprenne. Alors tu m'as raconté des trucs pas très nets. Tu m'as fait un topo assez confus à propos de quelqu'un qui avait commis des crimes et ne se sentait pas criminel pour autant. Tu voulais savoir si ça semblait possible, enfin, si ce quelqu'un n'était pas nécessairement givré. Et aussi, s'il devait être tenu responsable de ses crimes, puisque, même quand on ne le lui demandait pas, il tuait, sous l'effet d'un pouvoir qui le dépassait, d'une force qui le dominait. Oui, ce quelqu'un, c'était toi, et moi j'ai voulu alors prendre des distances, et surtout me protéger de ça. Je t'ai fait une vraie dissertation sur le criminel, sur ses comportements, sur les circonstances propices, etc. J'ai même cité des personnages historiques, je savais que tu serais sensible à ça. Et tout s'est terminé. Je ne voulais pas, pendant ces nuits, vouées certainement à n'être qu'éphémères, trop me lier avec toi. Je ne voulais pas courir le risque de me retrouver, à l'avenir, impliqué, comme victime ou témoin, dans l'un quelconque de tes procès.

Bien sûr, tu as toujours su que tu ne risquais aucune sanction. Il suffisait d'observer de près ta démarche, ta manière de descendre de voiture dans la rue Prado Junior, ta manière de traverser la rue, après une soirée au théâtre, Marlene Graça pendue à ton bras. Ta manière de t'avancer, sûr de toi, vers ma table au Casanova. « Alors, gamin, ça va ? » disais-tu, le sourire aux lèvres, masqué sous ta barbe, ton revolver planqué sous ton blouson de cuir, avec ton petit air de magicien, cadré, comme ça, dans la lumière bleue d'un spot. Il fallait que je rassemble toutes mes forces pour refuser ce que tu incarnais : le crime. Ce que moi, sans rien savoir de toi, je pressentais.

Eh oui, ça se passait exactement pendant ma période Sade et Genet — comme Marlene Graça, tu ignores totalement cette littérature — et toi tu surgissais, sous mes yeux, vivante incarnation de leurs thèses, ce qui, évidemment, ne faisait qu'augmenter la fascination que j'éprouvais pour la marginalité. Ce n'est que bien après que j'allais comprendre que cet univers marginal, si fascinant en apparence, n'était qu'une déformation du nôtre, bien établi, aux règles duquel j'obéissais aveuglément. Et voilà pourquoi, cette nuit-là, j'ai accepté de te suivre, et toutes les nuits d'après. Au bout d'une semaine, tu m'as accordé un privilège. Tu m'as dit que j'étais l'unique personne avec laquelle tu aimais te retrouver seul. Avec moi, tu n'avais pas besoin de public. Ni de personne d'autre près de toi. C'est pour ces raisons que nos balades se faisaient toujours dans des lieux déserts, où nous restions des heures à bavarder. De temps à autre, pendant que je parlais, tu tirais ton arme de ta ceinture, et tu la caressais, tu la roulais entre tes mains comme un jouet. Et je te regardais, fasciné. Il arrivait, je le sais, que tes victimes assistent elles aussi, mais avec horreur, à ce petit rituel du revolver. J'ai très vite su que je ne serais jamais l'une d'elles, car j'avais un ascendant sur toi. Peut-être en raison du fait que je possédais des informations dont tu avais un besoin vital. Pourtant, malgré l'espoir que tu entretenais à ce sujet, je ne te les aurais jamais livrées. Comment te faire comprendre, par exemple, que, dans cette république d'assassins qui est la nôtre, tu étais à la fois bourreau et victime ? Comment t'expliquer que cette organisation n'était en réalité qu'une hydre qui, lentement mais sûrement, se dévorait elle-même ? Et, pire encore, comment aurais-je pu te faire savoir que j'étais là pour être ton juge, et que, des années plus tard, après l'absolution de la justice, je serais là, devant ma table de travail, avec ces feuillets contenant ta vie et toi, mis à nu, dépouillé ? Et qu'alors je te condamnerais ?

Non, je ne voulais pas m'investir dans cette relation au point de perdre toute lucidité à ton propos — je te voulais, oui, mais tel que je te montre là, maintenant, tout seul, sur le banc de ta cellule, les coudes appuyés sur les cuisses, les yeux rivés au sol, avec cette douleur permanente et aiguë au creux du ventre, attendant qu'un huissier, sur l'ordre du juge, vienne te chercher. Voilà déjà comment je souhaitais te voir, quand nous étions côte à côte dans ta voiture, quand nous nous perdions dans les nuits glaciales de l'Alto da Boa Vista, ou en pleine forêt de Tijuca. Ou quand nous allions manger des épis de maïs bouillis à Barra da Tijuca, ou encore, pendant cette nuit, si particulière, où j'ai capitulé — tu étais magique, je te l'ai dit — quand, à trois heures du matin tu as décidé qu'on irait se baigner nus tous les deux dans les vagues de Prainha. Je voulais te voir en prison, les menottes aux poignets, je voulais lire le doute sur ton visage, bien avant d'avoir compris ce que tu avais vraiment dans le ventre. Voilà pourquoi j'écoutais en silence tes longs discours, répondant juste ce qu'il fallait, de façon que tu m'admires plus encore. Pour toi, j'étais un génie précoce, une charge explosive d'intelligence de vingt-cinq ans à peine, un sage en quelque sorte. Je savais que tu m'appartiendrais plus que tout autre, puisque c'est moi qui te créerais, des années plus tard, qui te mettrait au monde tel que tu étais sans le savoir.

Un roman, oui. Je te l'ai dit. Un jour, j'écrirais un roman sur toi. Et je revois ton sourire lointain... « Si je te racontais ma vie, tu pourrais en sortir dix romans, mon petit. » Toi, tu pensais à tes aventures, à tes actions. Mais moi, je connaissais le reste, ce qu'il y avait de plus trouble en toi. Non, je ne t'ai jamais haï. Comment te haïr, alors que tu n'étais qu'une apparence ? Au contraire, je t'ai aimé comme on aime un fils, car j'ai toujours su, dès ton premier regard, que tu serais à moi, que tu m'appartiendrais un jour, que tu resterais fossilisé dans ma pensée, comme tu l'es maintenant : assis sur ce banc, dans une cellule souterraine, attendant l'heure du jugement. Et c'est l'organisation elle-même qui t'absoudra, elle qui t'a poussé à commettre tous tes crimes.

Non, Mateus Romeiro, je ne sais pas ce que tu es devenu. Dans le fond, ça ne m'intéresse déjà plus. On dit que tu as rejoint les rangs de la police, puisque tu ne tues plus personne, bien que tu continues à inventer des mauvais coups. On a même dit que tes copains flics t'évitent maintenant, malgré la solidarité qu'ils t'ont manifestée les premiers jours et l'euphorie qui a suivi ta mise en liberté provisoire. Tu en sais trop, et tu as été à deux doigts de les trahir, c'est ce qu'on dit. Quelqu'un est venu me raconter, il y a quelques jours, que tu t'es fiancé avec une fille de Méier, que tu l'as déjà engrossée, au grand désespoir de ses parents. Quant à moi, je t'ai aperçu, un soir, en train de t'exhiber dans une voiture de flics. Toujours barbu ; mais le cheveu plus rare. Il faut bien se rendre à cette pénible évidence : on vieillit, et le monde ne change pas, nous ne réussissons pas à le changer. Oui, tu continues à faire ce que tu as toujours fait, avec un peu plus de retenue, c'est tout. Les vendeurs du *jogo do bicho* sont toujours là, les journalistes essaient de résister à la tentation de la corruption, et la légion des volontaires recrutée par l'organisation augmente tous les jours.

Mais tout ça ne m'intéresse pas. Je préfère te garder dans mon imagination. Dans la forêt de Tijuca, au petit matin, assis près de moi dans ta bagnole, jouant avec ce revolver noir, le faisant passer d'une main dans l'autre, en me promettant l'impossible. « Pourquoi on n'irait pas tous les deux en Europe ? », m'as-tu dit, un jour. Et puis toi, à Prainha, surgissant des vagues, devant moi. Nu, ta silhouette se découpant sur un rayon de la lune brillant au-dessus des dunes, avec cette démarche sereinement provocante que j'observais en frémissant. C'était comme si, en sortant de l'eau, tu venais de renaître, comme si ton corps prenait forme à chacun de tes pas. Et encore toi, au cours d'une de ces nuits que nous traversions ensemble, jusqu'aux premières lueurs du jour. Le visage dans l'oreiller, la respiration tranquille, rythmée, le sommeil paisible de ceux qui, comme moi, n'ont jamais connu le remords. Oui, voilà comment je t'ai imaginé, et à partir de ces images, je vous ai créés, toi et les tiens, pour tenir ma promesse : écrire un roman sur toi.

Et c'est comme ça que je préfère maintenant te quitter, te laissant seul avec toi-même, presque libéré, une nouvelle fois, de ces fantasmes qui, bien que stériles, continuent à te tourmenter. Sur ce banc, le visage entre les mains, les jambes légèrement engourdies, tu entends l'huissier brailler dans le couloir : « Mateus Romeiro ! Alcino Pinto dos Santos ! » Tu tends l'oreille, tu te lèves, Alcino aussi. La porte s'ouvre et vous suivez le couloir jusqu'aux rampes montantes, livrés à la curiosité de ceux qui vous attendent. Allez, Mateus Romeiro, vas-y. Profite du monde tant qu'il t'appartient, à toi, et aux tiens. Je sais à quel point ce pouvoir-là vous coûtera cher, à quel point, aussi, il est éphémère.

Rio, octobre 74 / mai 75

DU MÊME AUTEUR

Aux Éditions Gallimard

Dans la collection Série Noire

L'HOMME QUI ACHETA RIO, n° 2452

Composition IGS.
Reproduit et achevé d'imprimer sur Roto-Page
par l'Imprimerie Floch à Mayenne,
le 22 septembre 2003.
Dépôt légal : septembre 2003.
Numéro d'imprimeur : 58116.
ISBN 2-07-049939-1 / Imprimé en France.

93677